如空气般存在的我

[日]中田永一 著
刘姿君 译

台海出版社

千本樱文库

前 言
PREFACE

　　文库,原本是指收纳书物的仓库和书库,也指收纳书与记事簿,以及不常用物品的小箱子。以前者为例,京浜急行线的"金泽文库站"就是以前镰仓时代北条氏用来收藏汉书用的,"金泽文库"名字的由来便是如此。东京都的世田谷区也存在着收集着珍贵汉书的"静嘉堂文库"。后者则更多地被称为"手文库"。

　　江户时代以来,可以放入袖袂的小开本书籍逐渐流行起来,被称为"袖珍本"。明治三十六年(1903年),富山房发行了小开本的丛书,起名"袖珍名著文库"。随后,明治四十四年(1911年),讲述战国时代的猿飞佐助和雾隐才藏系列故事的讲谈社"立川文库"发行出版。讲谈是日本民间艺术,以口语化的方式讲述历史故事的形式。而"立川文库"则是将讲谈收录成册集中出版的丛书,据统计,当时刊行量为200册左右。从那时起,文库就脱离了原本的释意,逐渐演变成了现在的类书集丛。

　　文库说法借鉴了日本出版业界的传统说法。而千本樱源自日本奈良县吉野山樱花盛开的奇景,世人皆称"一目千本樱"来形容樱花美景。千本樱文库的纳入作品皆为日系作品,题材包括推理、悬疑、幻想、青春、文化等类型,正如千本樱满山盛开的绝景。

现代日本，以"文库"命名刊行的丛书系列有 200 种以上，所谓"文库本"只不过是统称而已。日本传统的"文库本"常用的是 A6 尺寸的 148mm×105mm，也叫"A6 判"。千本樱文库的所有书籍将在"文库本"的基础上提升，达到 148mm×210mm 的开本标准。追求还原的前提下，力图带给读者更清晰的阅读体验。

从 20 世纪 70 年代以来，日系推理小说逐步进入中国读者的视野。日系推理能够长久不衰的原因之一在于设立的各种奖项。JUMP 小说大奖是由集英社主办的公募新人文学奖，1991 年《周刊少年 Jump》特别增刊号出版的小说杂志《Jump Novel》是其前身。乙一在 17 岁时以《夏天、烟火和我的尸体》获得第 6 届 JUMP 小说大奖并出道，从而一举成名。

2005 年左右，乙一在祥传社出版的恋爱小说选集中开始以"中田永一"的名义执笔创作。中田永一的作品大多温暖治愈，被读者称为"白乙一"风格。本书《如空气般存在的我》是典型的"白乙一"作品，全书以短篇集的形式，讲述了六个奇幻而又温柔的故事。故事的主人公们都不是"普通人"，可是他们却依然想要获得最普通的幸福。希望这部"白色"的作品可以让正在阅读的你们感到轻松愉悦。

千本樱文库编辑部

作 家
WRITER

鲇川哲也奖作家系列

- 相泽沙呼
- 城平京
- 芦边拓
- 柄刀一

梅菲斯特奖作家系列

- 西尾维新
- 井上真伪
- 天祢凉
- 殊能将之
- 木元哉多
- 北山猛邦

其他作家系列

- 乙一
- 三津田信三
- 仓知淳
- 深木章子
- 横关大
- 野崎惑

目录
Contents

Nobody Notices Me

少年移动者
1

如空气般存在的我
49

爱情十字路
85

缩小灯大冒险
91

控火人汤川小姐
111

超能人生
179

少年移动者

少年ジャンパー

1

茧居族也有级别之分。

勇者级的强人寸步不离房间,但像我这种入门级的勉强可以去一下附近的便利商店。我会这样是因为长得丑。如果我有一般人的容貌,遇到人的时候是不是就不至于胆怯害怕或汗如雨下,在高中里也交得到朋友了?是不是就敢和女生面对面说话了?对我而言,女生是完全未知的生物。从小女生对我就只有厌恶。因此我对三次元女生的畏惧剧增,这样的副作用就是只能在二次元的世界里寻求安宁。最近我特爱用漫画美少女作为封面的轻小说,猛看那种好几个女主角都对男主角有好感的故事。

教室里就发生过这样一件事。

正忙着笑闹的男同学撞到我,害得我书包里的东西散落一地,我带的轻小说滑到女生集团脚边。封面是半裸美少女插图,女生对那种图画似乎不以为然,对我投以冰冷的视线。我面红耳赤,浑身大汗地逃离教室,回到家,冲进自己房间,抱着印有美少女图案的抱枕哭。

像我这种丑人也会被不良分子盯上。

"喂,大家,你来一下。"

七月初,同班那些不良分子把我叫到屋顶,拿走我钱包里的钱。

"你长得实在很恶心。"

"不准看这边。害我想吐。"

"如果我是你,早就自杀了。"

"我告诉你,这可不是霸凌。你可别自杀给我们找麻烦。"

几个不良分子笑着离开屋顶。望着耸立着积雨云的湛蓝天空,我好不甘心,紧紧抓着铁丝网呜咽哀鸣。第二天我就不再上学,尽可能不出房门。我质问父母,怪他们为什么把我生得这么丑。母亲哭了。神明一定也可怜我的长相。有一天,我毫无预兆地有了"跳跃"的能力。

那是八月里,亲戚们因中元节来访的某日。

"阿翔都关在房间里不出来呀?"阿姨好奇的声音从一楼传上来。

"阿翔,出来啦!有西瓜哦!"

"出来就给你零用钱!"

黄汤下肚的舅舅姨丈们哄堂大笑。

"出来给大家看一下嘛!你跟你外婆长得那么像!"

听到亲戚们没礼貌又发神经的话,我的心越关越紧。我把脸埋在枕头里,好想哭。谁要出去?我死都不要。

不久，我开始有了尿意，这下麻烦了。厕所在我家一楼，要去上厕所就必须承受亲戚好奇的视线。不行，我办不到。我决定忍到亲戚回家。

可是尿意越来越强。我快忍不住了，找出房间一角的矿泉水瓶。那么一瞬间，我考虑要不要尿在里面。对段数高的茧居族而言，据说这是主流的解决方式，但我还没有到达那个境界。

我想到一个好主意。从位于二楼的房间爬窗户出去，沿着排水管爬到地面，跑到大约二百米外的公园解决。这个办法所需的行动力实在超乎一个茧居族的想象。但总比承受亲戚的视线好得多。

我立刻付诸行动。身子从窗户探出去，站在一楼屋顶突出的地方。这时候，我的脚打滑了。快跌下去时，我抓住排水管挂在半空。但因手支撑不住而松开，一瞬间，我全身上下处于没有接触世界的状态。

片刻浮游。

然后，以脚着地。

没运动神经的我之所以动作如此敏捷，应该是尿意极限造成的奇迹。

一落地，眼前就是公园的公厕，我光着脚就冲了进去。稍事喘息后，公厕的地板脏到吓坏我。我在水龙头底下洗脚，发现一件怪事。

我不记得从家里跑到公园这一段。我挂在排水管上，一着地，眼前就是公园的公厕。这当中两百米左右的路程去哪里了？当时我并没有发现，我在无意识中"跳跃"了。

我在十月中旬遇到濑名学姐。我挑那天外出，因为我最爱的轻小说系列新刊上市。我做好外出的准备，向母亲要零用钱，母亲很高兴地给我一千日元。儿子在暌违数日后要走出家门，似乎让她非常开心。

"加油哦！妈妈支持你。"

在母亲的声援中，我在玄关穿好鞋走到外面。到街上的书店须花几百日元的车钱搭电车。太浪费了，所以我确认四周都没人便发动"跳跃"这项技能。心里想着目的地的情景，垂直向上跳。

鞋底踢地的声音。

咚！

着地的时候，我已经不在家门前了，而是在紧邻书店的建筑后。我听到惊呼的声音，一回头，见到一只野猫全神戒备。看来被突然凭空出现的我吓了一跳，提高了警觉。我绕到建筑物的正面，好多人走在商店林立的大马路上。我进了书店，从轻小说架上拿起了我要的新书。

瞬间移动。从八月的中元节开始，跳越空间的例子偶然发生了数次。以为自己在一楼却到了二楼，以为自己在浴室前却到了床上。我了解到那是自己的超能力后，现在已经运用自如了。电视节目上偶尔会看到演员跳起来的那一瞬间，场景就切换到另一个地点。这种移动的戏是通过剪接，让观众觉得演员好像跳过了空间。而"跳跃"的能力就是这样。

有一部电影叫作《移动世界》。

这是二〇〇八年上映的美国科幻片，故事主角是一个具有瞬间空间移动能力的青年。

观赏这部影片时，我曾经想说要是自己有这种能力，人生一定会不同。但实际上没有任何改变。我又没有胆量像《移动世界》的主角那样利用能力发非分之财，也不懂得如何有效运用，空有这份能力。我是最爱自己房间的茧居族。想不出什么想前往的地方。特地出门把我这张丑脸暴露在人前未免太蠢。所以我并没有多少机会运用"跳跃"能力。

我在柜台结完账走出书店。走向刚才来的建筑后面，却见到几个不良少年蹲在那里抽烟。我向右转离开那里。在使用"跳跃"时，我不喜欢让人看到。

搭电车回家好了。虽然浪费车票钱，但仔细想想，如果来回都以"跳跃"移动,回家的时间太早了。母亲一定会怀疑"你真的上过街?没骗我?把一千日元还来!"

我在车站买了车票,一上站台马上就后悔了。因为我在大群排队人潮中瞥见熟悉的女生制服。就是我目前拒绝上学的那所高中的制服。我低着头偷偷观察那人,不是同班同学,这让我稍微松一口气。她是长得很漂亮的女生,即使在人潮中,她身边的光线也和别的地方不太一样。身高大概跟我差不多,长发,长相很成熟。她一脸忧郁地走在站台边缘。

车站广播了。内容是提醒乘客急行电车就要经过,请大家小心。只见电车从铁轨的远方接近。这时候人群中吵闹起来。有人大喊"危险!"我四周的人全转头朝那个方向看。刚才那个一脸忧郁的女生,被一群老太太挤得从月台掉下去了。

她就躺在急行电车即将经过的铁轨上。没有要爬起来的意思。大概撞到头了吧?她昏过去了。害她摔下去的那群老太太只会叫"天哪!""不得了了!"完全没有要救她的意思。旁边很多上班族和年轻人。其中一定会有人跳下去救人吧。可是,眼看着急行电车就要来了,却没有任何人采取行动。我对他们大为愤慨。一个女生就在你们眼前遭遇危险了,为什么没有人愿意救她?!

电车驾驶员好像也看到了女学生,紧急刹车的声音响了起来。是那种震耳欲聋的可怕高音。

但显然来不及了。巨大的铁块朝她逼近。想救她，一定需要瞬间移动那种能力吧。想到这里，我才终于有了自觉：我应该去救她。

不是别人，就是我。

咚！

我当场垂直向上跳，视野顿时切换，我在铁轨上落地。女学生就倒在我脚边。站台上的一大群人全都看着我们。他们不约而同地大吃一惊，想必因为我突然凭空出现。还是说，我这张丑脸太吓人？

急行电车的第一节车厢就在眼前了。我把手臂伸到女学生身下把她抬起来。这几乎是我头一次碰到女生。好软，好暖，她好瘦。以一般标准而言，我想她的身体应该算轻的，但对我这软弱无力的茧居族而言，她很重。手臂肌肉叫苦连天。要"跳跃"，我必须双脚离开地面。这是超能力的规则。要把她带走就必须把她抱起来。幸好她昏倒了，要是她睁开眼睛看到我的脸，可能会以为被丑陋的外星人抓走，然后被带到大峡谷那样放眼望去只有岩石的行星做人体实验。

女学生睁开了眼睛。

"咦？"

她看到我的脸，出了声。那一瞬间，她想从我手上挣脱，但立刻就发现电车第一节就在旁边。距离近得能看到驾驶座玻璃后，驾驶员那张铁青的脸。就在电车要撞到我们的时候，我"跳跃"了。

咚！

视野切换，我着地时失去平衡跌倒。女同学一屁股跌在地板上。紧急刹车的声音和人群的嘈杂声突然消失。室内很安静。我四足跪地，等心脏平静下来。逃出生天的安心让我满头大汗。

"请问……这里是……？"

女同学站起来，环视贴在房间里的漫画美少女海报和床上的抱枕。

我想解释，但呼吸急促，发不出声音。房外传来有人上楼的脚步声。

"你回来啦？怎么弄出那么大的声音，怎么了？"

母亲打开房门。看到脚上还穿着鞋四肢跪地的儿子，和同样穿着鞋、一身制服站在那里揉着头和屁股的女生，母亲沉默了，轻轻关上门。

2

"瞬间移动?你在说什么?"

她不相信我的话。我就知道。她说她叫濑名仁绘,高三。

"这种事教人怎么相信……"

"可是,这是真的。"

为了解除她的戒心,我告诉她自己的名字及我是她同校的一年级学生。话说回来,自己房间里有个三次元的女生还真是不可思议的光景。我请她先脱鞋再说,濑名学姐的眼中满是怀疑。

"刚才,濑名学姐差点就死了。"

"刚才有一瞬间,我梦到我掉到铁轨上。"

"那不是梦。"

"那给我证据啊!"

咚!

我背着濑名学姐,"跳跃"到一处夜晚海岸。

"咦?"

大概是本能地感到恐惧,学姐紧紧抓住我的脖子,不断东张西望。每转一次头,胸部就贴在我背上擦来擦去,我内心大叫:"咦!"

"这里是哪里?"

"美国西海岸,旧金山。因为有时差,现在天黑。"

桥上一连串的照明让金门大桥浮现在黑暗中。这座跨海峡而立的吊桥,主塔最高点距水面有二百二十七米,桥身距水面约七十五米,坐落在从我们所站的海边必须抬头仰望的位置。成串照明朝夜空延伸。濑名学姐战战兢兢地从我背上下来,虽震惊于桥的壮观,仍走向海边的护栏。风吹动她的黑发,橘黄色的灯光照亮学姐疑惑的侧脸。

"我没带护照来呢!"

"那我们在被逮捕之前回去吧。"

咚!

"啊,是吗,有吗?太好了。好的,我这就去拿。没有,我没有受伤。站台底下有空隙嘛,我好像是在千钧一发之际躲进那里逃过一劫的。咦?看起来像是消失了?我想应该是错觉吧。"

讲完电话,濑名学姐放下无线电话子机。

"书包掉在车站站台了。运气真好。要是掉在铁轨上,可能就被电车压扁了。车站的工作人员听到我没事,松了一口气。不过,事情好像变得有点麻烦。"

车站的人从她书包里的东西查出校名，联络班主任老师和家人。等一下她就得向老师和家人解释了。

"这下惨了。逃课好像被抓包了。"

"那个我的事，请学姐保密……"

"我知道。关于你的能力，我会想办法应付。要是大家知道了，不吓死才怪。"然后她盯着我的脸一直看。

"怎么了？"

"仔细一看，大冢学弟长得还真有趣。"

"不要管我！"

"我在铁轨上醒来的时候，还以为被外星人掳走了。"

咚！

我背着濑名学姐"跳跃"到车站大楼的男厕。我什么都没想就选择此处，结果后悔莫及。因为里面有个正在解手的大叔。我和濑名学姐留下嘴里惊慌大叫着"呜耶耶耶啊啊啊"却无法动弹的大叔，逃离现场。在离得够远的地方停下来喘过气后，"你搞什么呀！"学姐用手肘顶了我一下。

濑名学姐走向人群。她得找有乘务员的票口领回书包。我的任务就此结束。

"学姐，我回去了。"

学姐好像没听到，头也不回地走了。也好。我朝反方向走，找到一个没人的地方"跳跃"。

咚！

我从家门口仰望天空，连傍晚都还不到。窝在家里床上过日子时，一天一转眼就结束了，今天却觉得好长。在凉风吹拂下，我想起刚才在旧金山海岸见到的濑名学姐。横亘夜空的那串光反射在漆黑的海面，学姐以困惑与兴奋交织的眼神望着那片景色。要不是发生这种事，我恐怕一辈子都不可能跟她交谈。

进家门正在脱鞋时，母亲来了。

"你什么时候跑到外面去了？刚才那个女生是谁？"

"老师派来的。因为我都没去上学，班上同学从窗户爬进来说服我。吓死我了！"

我用这番说辞瞒混过去。

妹妹从初中放学，父亲从公司下班回家。天黑了，到吃晚餐的时间。我一直过着日夜颠倒的生活，吃饭时间和家人不同，所以很少和家人一起坐下来吃饭。但这一天，难得与大家用同样的周期行动，所以就一起吃晚餐了。

"听说今天有人差点在车站被撞。真的吗？"

妹妹边说边把饭往嘴里送。

"这件事我也听说了。听说真的很危急。还好有个男生跳到铁轨上把人救了起来。"

父亲拿筷子夹起烤鱼回答道。

"天底下就是有很厉害的人呢。阿翔今天也难得出门了哦,去买书对不对?好棒!好酷喔。"

"喔,很棒哦,翔。"

听着父母夸我,妹妹在旁边摆起了臭脸。

"不要看这边啦,恶心死了。"

妹妹的眼神活像在看肮脏不堪的呕吐物。她不是傲娇,是真真正正、如假包换地带着恨意。妹妹自从懂事以来就很讨厌我。原因是我长得丑。因为我,她从小就被欺负。一家人就只有我长得丑。父母和妹妹都很正常。为什么会生下我这种长相的孩子?恐怕是外婆的隔代遗传。我长得和外婆一模一样。

不过妹妹带刺的视线让我想起班上的女生。看到我带到学校的半裸美少女图案封面的轻小说时,她们就是用这种视线注视我。"对喔,今天是我喜欢的轻小说系列新刊出版的日子嘛!"我心里这么想。

"啊,我忘了!"

我站起来,留下吃惊的家人离开了餐桌。我急得连楼梯都懒得爬。

咚！

来到走廊"跳跃"，在自己漆黑的房间里着地。开了灯，找遍房间，却找不到书店结账柜台给我的袋子。会不会是在月台救濑名学姐的时候掉了？等明天再像濑名学姐那样，打电话到车站请他们找找有没有失物吧。我心想着"好麻烦喔"，就直接打开计算机玩起网络游戏。

"饭你不吃了？"

楼下传来母亲的声音。

"嗯！我吃饱了！"

努力赚游戏经验值赚到天亮，觉得家人都起床了。我的窗帘永远都拉上，所以朝阳不会从窗户照进来。家人吃早餐的时候我的睡意到了巅峰，便上了床。

门铃响了。反正不关我的事，正准备入睡，却听到有人爬楼梯上来。然后门突然打开了。

"扑锵！"

这样喊着登场的，是穿着制服的濑名学姐。我是在做梦吗？学姐拿出一个眼熟的袋子扔到床上。

"这是大冢学弟的吧？好像掉在铁轨上了。乘务员以为是我的，帮我捡起来了。"

就是装有轻小说新书的袋子。我揉揉眼睛再看学姐。好像不是梦。

"请问……"

"刚睡醒的脸就更有趣了。我昨天就在学校打听到你的住址了,因为我想起你说我们同校。"

"学姐特地帮我送来吗?谢谢。"

"不谢。对了,你怎么不准备上学?睡过头了?"

我下了床,把敞开的房门关上。因为我有预感家人会在走廊偷听。

"学姐没听老师说吗?我一直请假没去上课。"

"为什么?感冒?"

"我拒绝上学。这个社会太让人痛苦了。我今天也请假。"

"这就麻烦了,我来就是打算请大家同学带我'跳跃'到学校啊?"

"请不要把昨天才刚认识的我当成日常交通工具。"

"你不想有效运用这份能力吗?这可是鲁拉耶!鲁拉!"

鲁拉是勇者斗恶龙里瞬间移动的咒语。

"我喜欢待在房间里。"

说是这么说,但濑名学姐都特地来送书了,我还是要送学姐到学校。"跳跃"不费吹灰之力,而且学姐来找我,我很高兴。

学姐的鞋子在玄关,所以我决定先从家门口离开。房门一开,就听到匆匆下楼的脚步声。果然有人在偷听。

学姐边下楼边骂我昨天在车站就不见了。一发现我家人在楼下等,便露出贵族般高贵优雅的微笑点点头。

"不好意思,大清早来打扰。"

所有人都看呆了。如果不喊什么"抖锵"规规矩矩地站着,学姐的姿容简直像无懈可击的艺术品。

我穿好鞋,和学姐来到屋外。我不知有多少个星期没有连续两天穿鞋了。

"我马上回来。"

向家人丢下这句话后,我就关上家门。

咚!

视野切换了,我们在高中屋顶上着地。就是我之前被不良分子勒索要钱的地方。

"一瞬间!真的是一瞬间!刚才明明还在大冢同学家门前的!"

濑名学姐从我背上下来,在朝阳下笑了。我走到屋顶边缘隔着预防失足跌落的铁丝网向下看,发现大批上学的学生。不久前,我也是其一,想到这里心就很痛。只要意识到自己人在高中校园里,脚就开始发抖,同时觉得反胃想吐。

"地球上的任何地方你都能去？"

"只能去到过的地方。"

"跟鲁拉一样呢。昨天大桥那里呢？"

"旧金山是我小学家族旅行去的。"

"那东京呢？"

"可以啊。修学旅行时去过。"

和濑名学姐聊着，渐渐地脚就不抖了。我过去曾经在学校里和谁这样说过话吗？有谁能当着我世界毁灭级可怕的长相跟我说话而不别开视线吗？

我发现通往校舍的铁门上了锁。

"再'跳跃'一次吧，得进到门里才行。"

"还早啊。还有时间，我们在这里再待一会儿。"

我和濑名学姐一直在屋顶待到上课钟响。濑名学姐问了我好多问题。什么事让我第一次"跳跃"？为什么拒绝上学？平常都在房间里做什么？在早晨清新的空气中，濑名学姐的眼神活力四射。我和濑名学姐交换了电话，有生以来头一次和女生成为朋友。濑名学姐对我的长相似乎不会觉得不舒服，直视着我的眼睛跟我说话。一开始我很紧张，后来就能轻松跟学姐对话了。

此后，我们就常见面。濑名学姐会在放学途中把我叫出来，要我陪她去京都十分钟吃个八桥饼*,或是到北海道的牧场看牛。渐渐地我变得好喜欢濑名学姐。这恐怕就是恋爱,但把这种感情表达出来只会贻笑大方,而且学姐是有男朋友的。

3

"你不觉得每栋大楼看起来都灰灰的吗?"

穿制服的濑名学姐在山手线看着车窗喃喃地说。夕阳斜照下的都会街景被染成橙黄。刚才我们在福冈时,太阳并没有这么斜。因为这个时期,东京的日落比福冈早四十分钟。车厢里有下班的上班族和放学的高中生。他们是土生土长的东京人。

"你不觉得我们天神的大楼更大更漂亮吗?"

濑名学姐一直说东京的坏话。好像对东京怀有敌意。原因应该是她男朋友。

学姐的男朋友去年从我们学校毕业,目前在东京上大学,一个人住。我知道,这就叫异地恋。

"你男朋友这个时间在大学里吗?"

---

* 八桥饼是用米粉、砂糖、肉桂等制作而成的日式点心。是日本京都最具代表性的名点特产。——译者注

"我想应该是在打工吧……如果短信里写的是真的。"

濑名学姐认为她男朋友最近怪怪的。回短信回得很慢，不接电话，有时候写信也不回。

"会不会学姐想太多了？也可能是大学的课业或是打工什么的很忙吧？"

"是有可能，但也可能是他变心了！东京的大学耶！东京的！想也知道到处都是漂亮的女生。"

在山手线里大声说话，附近的人都转头看濑名学姐，然后看到我的长相，便一脸不可思议的样子，不懂我们到底是什么组合。毕竟我们长相的常态分布在一个最左一个最右，平常不可能凑在一起的两种人竟然凑在一起。

虽然不知道男朋友是否真的变心，但濑名学姐不安得夜夜无法成眠。濑名学姐说她从站台上掉下去那天，就是打算逃课搭新干线独自去东京。顶着一颗睡眠不足的脑袋头重脚轻地走在车站站台，老太太撞过来，才会掉到铁轨上。

濑名学姐瞪着车窗外那一大片大楼。我们正要到她男朋友那里，远远观察他是否有学姐之外的女人。只要使用"跳跃"能力，即使照常上学，也可以在放学后逛逛东京。

"……东京，不能原谅。"

濑名学姐边说边从书包里拿出一本书读起来。那是一本以东京甜点为专题的旅游书。发觉到我的视线，学姐说道：

"我可不是想到东京玩！我是为了调查敌营才买的！"

"上面贴了很多标签贴纸。"

"东京很可怕，有很多危险的地方。大冢同学也不能掉以轻心，不然会被东京迷倒的。"

我们在新宿站下了车，在车站里边走边迷路，然后上了中央线，坐了一阵子电车。

"到了，下车啰。他短信里说在这一站打工。"

最终在吉祥寺车站下车。和濑名学姐异地恋的男朋友，就在很像星巴克的咖啡店工作。我们从店门前隔着玻璃看她男朋友在不在。学姐事先给我看过她手机里男朋友的照片，我一下就认出来了。他的身影进入视野的那一瞬间，濑名学姐逃离了现场。我跑着追上去拦住她。

"学姐！你怎么了？"

"本尊突然就出现了！不可以被他发现！我穿着制服，一下就会被认出来的！大冢同学，你替我看！大冢同学是我唯一的依靠了！"

她男朋友是我们高中毕业的，当然认得濑名学姐的制服，所以学姐被发现的可能性很高。而我今天也没有上学，所以穿着便服。看样子，我必须一个人进店就近探察他的情况了。

"来，拿去。我的 iPhone 借你，你要多拍一些照片。要是被发现我可不饶你哦？然后，也要调查他和其他打工女生之间的亲密程度。他们视线交会过几次,要记录下来哦?"

"学姐……"

"怎样?"

"我不知道怎么点东西。我都不出门的……"

我们到处找没人的地方。从一家精致的玩具店转个弯走进小巷,发现了一座小小的草地公园。在那里,学姐教我练习如何在很像星巴克的那种咖啡店点咖啡。柜台排队的方式、咖啡的种类、饮料的规格、取餐的地方等,濑名学姐都仔仔细细教了我。

"在福冈这样就没问题了。可是,这里是东京,不知道会发生什么事。也许有福冈没有的规定。如果是那样就没辙了。不过,你放心,我会帮你收尸的。"

在濑名学姐的目送下,我紧张得同手同脚地走进咖啡店。我想决定好要点什么再跟店员说,正看着柜台上方的菜单时,收银台的女店员就招呼说:"这边可以点餐。"我只好走近。我紧张得看不懂放在柜台上的那张单薄菜单上的字,还在不知所措时,后面就有人开始排队了,一定要快点,于是我就随便指了指菜单。

"我要这个!"

"好的,不过那是配料鲜奶油……"

"这个!请加在这上面!"

我强忍着想"跳跃"逃离现场的冲动,不管三七二十一随便指了一个像饮料的东西。付完钱,到取餐柜台领了柳橙汁加鲜奶油这个不可思议的饮料后,选上一个不起眼的位置观察学姐的男朋友。

他是个笑容清新的好青年。长得干干净净,眼神很温柔,和我这张活像醉汉呕吐物的脸压根不同。我稍微松一口气。因为我真的不希望濑名学姐和把我叫到屋顶上的那种不良分子之类的人交往。我用学姐借我的 iPhone 偷拍,也评估他和其他女店员之间的亲密程度。

光是看他工作的情景,实在看不出有没有变心。

"虽然是自己的直觉,可是我觉得濑名学姐想多了。"离开咖啡店,来到刚才的小公园和濑名学姐会合。我把 iPhone 递给学姐,她马上就浏览起我拍的东西。

"太好了。我还在担心要是他变了怎么办。"

濑名学姐看着照片中的男朋友身影,一脸放心的样子。

"男朋友没变啦。"

"大冢同学又知道了。"

"我是不知道,但就是这么觉得。"

天已经全黑了。在吉祥寺东急百货后面,风格小店林立的区域中的一座小公园里,濑名学姐泫然欲泣的脸上却又露出了笑容。光分隔两地就足以让人心中萌生种种不安。我没有这类经验，将来恐怕也不会有。同时想到这两点，心中不免有点失落。

"大冢同学好好喔，随时都可以来这里。新干线单程五个半小时、两万两千日元，你一眨眼就到了。"

"请问，那些纸袋是做什么的？"

"没什么啊。东京是个可怕的地方。"

在个别行动的期间，濑名学姐为了了解东京这个敌营，调查风格小店、杯子蛋糕店等地。大量的纸袋据说就是她的调查结果。

咚！

福冈的天空也全黑了。我们抵达的地点，是濑名学姐住的公寓大楼屋顶。我完全成为便利的交通工具，学姐说方便接送，带我到她家大楼屋顶"登录"地点，好让我随时都能"跳跃"移动。

"呼！今天就到此为止吧。"濑名学姐望着夜空说。

"今天？这个调查还要继续下去吗？"

"对啊！既然踏过吉祥寺的土地了，现在随时都可以去了吧？下次我也要变装再去。"

那天起，学校一放学，濑名学姐就把我叫出来，为调查她的男朋友而奔走。我在学校旁的暗处接应穿制服的濑名学姐，"跳跃"到她家大楼的屋顶,再和回房换好衣服的濑名学姐前往吉祥寺。有时候一起在咖啡店里观察她男朋友,有时候只有学姐自己进店。个别行动时,我都会回福冈自己的房间,躺在床上读轻小说或玩美少女电玩,等手表的闹钟响起再回吉祥寺的公园会合。

濑名学姐只会远远地看着男朋友,绝对不会叫他,也很小心不被他发现。这是我要濑名学姐答应的,我带她"跳跃"到吉祥寺的条件。

"要是被发现了,我就不会再带学姐'跳跃'到吉祥寺了喔。这很合理吧!因为事情可能变得很麻烦。这个能力的事搞不好会泄露出去。我不想这样。"

"好,我不会被发现的。我答应你。"

学姐信守承诺。好像远远地看着男朋友就放心了,也不再不安于男朋友的事。

但保险起见,我决定私下调查她男朋友。我从自己房间"跳跃"到吉祥寺,跟踪下了班的学姐男朋友,查出他住在哪里。我远远地看着他在大学校园内走动,并拿双筒望远镜监视他在网球社的活动,在他们聚餐喝酒的居酒屋前等她男朋友和伙伴们出来。他完全没有花心的迹象。不仅如此,我还亲眼看见他在牛丼连锁店的吧台看着存在手机里的濑名学姐的照片,露出温柔的神情。短信回得晚、电话没接,应该真的只是男朋友在忙课业和打工而已。或者因为距离远，相隔两地的不安让学姐如此认为。

一天晚上，我在她男朋友平常半夜十二点会到的便利商店，假装站着看杂志偷偷观察他的时候，视线与他对上了，他露出惊讶的表情走了过来，有点迟疑地对我说：

"您是常来我们店里的客人吧？"

"呃，对……"

"我果然没认错！您住在这附近吗？"

"呃，嗯，算是……"

蹩脚地交谈几句，我就跑掉了。

咚！

我想"跳跃"到远离便利商店的地方，没想到竟出现在看得到旧金山金门大桥的位置。我低着头伫立在那里，饱受自我厌恶的苛责。飞快转动的脑海，被种种思绪填满。

她的男朋友是如假包换的好人。反观我，却好丑陋。不只长得丑，连心都烂掉。为什么这么说呢？因为确定她男朋友没有劈腿，我在安心的同时也感到失望。要是我发现他劈腿的证据，一定会告诉濑名学姐，然后期待他们分手。我心里确实有这个念头。

我很嫉妒。我巴不得在独占濑名学姐爱情的男朋友心中发现邪念,然后伺机攻击。告诉学姐:你们两人的关系因为距离而变质了。但实际上什么都没变。

我问自己:你害他们两个分手是想怎样?你想取代她男朋友的位置吗?就凭你这张丑脸?说起来,你真的喜欢濑名学姐吗?为什么?因为学姐很漂亮。就为了这个理由?你自己这辈子因为外表被唾弃鄙夷,现在却凭外表来喜欢一个人,凭外表来判断一个人,这算什么?

不,我不是因为外表喜欢上学姐。是因为她跟我讲话。即使是对长成这样的我,学姐也像对平常人一样地跟我说话。她这样的个性吸引了我。

可是,这难道不是错觉吗?过去,我几乎没和女生说过话。我没有免疫力。是不是因为这时候学姐突然出现,我才不由自主地喜欢上她的?是不是不管谁出现都一样?是不是因为我就是很寂寞,很想喜欢上一个来到我身边的人?

濑名学姐愿意和我走得近,因为我有"跳跃"的超能力。这一点我不是比谁都清楚吗。我是学姐的交通工具,是放学后去京都、北海道、吉祥寺的工具,让她随时都可以看看男朋友的状况,所以她才愿意跟我说话。如果我没有这种能力,她甚至不会跟我说话。毕竟我长了这张脸,一张活像烂苹果的脸。

一个白人警察走过来,用英语和我说话,一脸担忧。我想起自己正在金门大桥旁。原来我的表情这么痛苦吗？有人一副想不开的样子站在这座巨大的大桥前，难怪警察不得不来关心。金门大桥是世界数一数二的自杀胜地，全美各地都有人前来这里寻死。

"大冢同学，除了那个什么大桥之外，美国你还能到哪里？"有一天，濑名学姐问。

"旧金山市内应该可以。"

"你知道大峡谷吗？"

"美国的观光胜地对吧。好像在亚利桑那州？"

"我不知道，不过昨天的旅游节目中有提到，好棒的一个地方啊。可是，既然你没去过，就没办法'跳跃'过去了。真想哪天在那里看日出。"

学姐照例换好衣服移动到东京的吉祥寺。当我们在建筑物环绕的小公园地面着地时，几个小朋友正在那里玩。他们看到突然出现的我和濑名学姐大感不可思议，纷纷叫着"咦""怎么会！"。濑名学姐从我背上下来，对小朋友们说："我们是从未来来的，但这是秘密。不要告诉爸爸妈妈哦！"然后她回头看我，刻意用纯正的方言说，"那大冢同学，一个小时后这里见。你等我一下。万一来晚了就打电话给我。你有我的电话吗？之前交换过了对吧？"她接着看着小朋友，得意地一笑。"这是未来的话哦!"

濑名学姐到咖啡店远远地看男朋友,而我则犹豫着该不该在小朋友满怀期待的眼神中"跳跃",但最后还是先到一个没有人的地方才悄悄地跳了。

咚!

在福冈房间里玩着虚拟恋爱电动,很快就过了一个钟头,手表的闹钟铃声响了。我把记录储存好,从福冈前往东京。

咚!

刚才那群小朋友已经不在公园,濑名学姐也不在。我等一阵子还是没等到学姐,天开始变黑了。

我找到公共电话,打学姐的手机。

"喂?濑名学姐吗?学姐现在在哪里?"

"……大冢同学,我跟你说,事情麻烦了。"

"怎么了?"

"就是那个……我被发现了……"

我问了经过。濑名学姐在咖啡店里偷看男朋友流口水偷笑。结果旁边的男人过来跟她搭讪。学姐拒绝,不小心声音就大起来,男朋友听到她的声音和方言一回头,终于发现了濑名学姐。

"学姐怎么跟男朋友说的?"

"我说,我给他一个惊喜,所以没联络就搭新干线来了。"

"接下来学姐要怎么办?"

"已经讲好今天在东京过夜。我跟家里联络了,说要住朋友家,爸妈就答应了。幸好明天是星期六,不然隔天要上学的话他们可能不会答应。"

咚!

第二天中午后,我去接濑名学姐。和要去打工的男朋友告别后,学姐来到吉祥寺的那座小公园。我背起学姐准备"跳跃"时,身后传来一股不同于平常的香味。一定是用了男朋友那里的肥皂和洗发水。我心口突然一阵疼痛。

咚!

我在濑名学姐家的大楼屋顶着地,濑名学姐从我背上下来。

"男朋友那里没有劈腿的证据吗?好比化妆品什么的。"

"没有。我等于是以突击的方式进他房间的。"

"那不是很好吗?男朋友没有劈腿,学姐没什么好担心的了。"

"嗯，我放心了。"

"那，有件事想拜托学姐。"

"什么事？"

"能不能请学姐不要再用我来移动了？"

濑名学姐一点都不惊讶，只是泄气似的点点头。

"……好啦，对不起嘛。我答应过你的。"

对喔，之前我跟学姐说好，要是被男朋友发现，就禁止以"跳跃"来吉祥寺。

"是啊，我当然还记得。学姐之前答应过的。"

"唉……"

濑名学姐遗憾地叹一口气，仰望天空。

4

不能再"跳跃"到东京后，濑名学姐很少找我，后来联络就中断了。我想忘了濑名学姐，沉浸在二次元世界中。我用计算机玩美少女电动，和游戏里的女生交往。无论谁看，这都是标准的远距离恋爱。在次元这道无法以"跳跃"跨越的墙后，存在着我的心灵慰藉。

因为绝对不可能到她那里，所以我们的交往百分之百清纯。

一定有很多人觉得这种事很恶心。可是我生来一张丑脸，从三次元女生的嘴里只听过唾弃，二次元世界女孩温柔的话语的确拯救了我的灵魂。觉得我很糟糕的人，一定是很幸福的人。

妹妹照样一遇到我就把"恶心"挂在嘴上。妹妹真心希望我死掉。每次被她说什么，我就会畏缩，别过头，脑海里想起金门大桥，那美丽、庄严、闻名全球的自杀胜地。那座桥的入口还挂着劝导人们心理咨询的牌子。据说跳下去到入水之间的四秒，会加速到时速一百二十公里。撞上水面，全身骨折且内脏破裂而死的概率是百分之九十八。入水后就算还有一口气，也会因为当地海水温度低而立刻死于失温，保证必死无疑。所以那里非常受欢迎。超越富士山麓的树海，成为世界排名第一的自杀胜地。

三次元世界好痛苦。从高处跳下来变成肉酱能不能进到二次元世界呢？这张脸已经让我痛苦得活不下去了。出生的那一瞬起，人生就是困难模式。一般人无论是谁，小时候的照片都很可爱，我却不是。上幼儿园的时候，我就丑到在运动会上成为焦点。这张脸遗传自外婆。我还记得外婆对着年纪还小、还不懂美丑的我大哭。

"婆婆向神明祈求别让你长得像婆婆，可是却没有用。对不起啊。"

外婆料到孙子这辈子注定不会好过而为我流泪。我最爱的慈祥婆婆很早前就往生了。

"你怎么会在家里？很恶心欸你。"

从厕所出来的时候遇到妹妹，被她这么说。

"濑名学姐是不是？她怎么会打电话给一个长得这么恶心的人，我实在想不通。她是不是收了你的钱？"

我瞪她，她直接无视。

"最近都没联络了吧？利用完就被抛弃了吧？"

"你体内也有这张脸的基因哦。将来你生小孩的时候，搞不好会生出长成这样的小婴儿，但你还是得爱那个孩子。你有这个觉悟了吗？濑名学姐才不是那种人。给我道歉。我叫你道歉啊……"

妹妹咕哝着，用愤恨的眼神看我，骂句"恶心死了"，就不知道跑到哪里去了。我在厕所前想着濑名学姐。学姐已经没有找我的理由了。因为不能再用"跳跃"找男朋友了。

妹妹"利用完"的那句话在我脑海挥之不去。说得也是，我认为很有道理。像我这样的人，之前能得到濑名学姐的垂青才是特例。现在只是恢复原状。我叹一口气，准备上楼继续玩我的美少女游戏。这时候电话响了，接起电话的母亲喊了我。

濑名学姐找我出去。

咚！

视野切换,眼前一片蓝天,刮着冷风。一阵子没外出,季节就要变了。我在濑名学姐家的大楼屋顶着地,一回头就有一道熟悉的身影。学姐一看到我就挥着手靠近。

"大冢同学!你好不好呀?"

我故作平静地行一礼。

"学姐,好久不见……"

穿着便服且披着外套的濑名学姐展露笑颜,把一个纸袋拿到我面前。"抖锵!"她的嘴里制造着音效。

"欸?这是什么?"

"我去旅行了,这是给大冢同学的特产。"

我接过纸袋往里面一看,是"东京芭娜娜"和浅草名产"雷米香"。

"我一个人去的。东京还是一样可怕啊,是一个会让人迷失自己、搞不清自己到底是什么人的地方。"

"学姐是找男朋友的吧?"

"对呀。大冢同学坏心不带我去了,我只好搭飞机。既花时间又花钱,累死我了。"

学姐说机票是她打工存钱买的。

"可是,学姐怎么会送我这么多特产啊?"

"因为受到你不少照顾,你还救了我一命啊。而且,朋友嘛。"

这是第一次有人送我特产,还沉甸甸的。我还以为我和学姐的关系已经完全切断了。可是，好像没有。

"谢、谢谢学姐……"

"不谢。对了，下星期我生日呢。"

"咦？"

"啊，我没什么特别的意思喔。只是忽然想到我生日就在下星期，就说一下而已。是我自言自语。"

我再怎么迟钝也猜得出来。她在讨礼物。

"如果有什么东西比东京更可怕，那就是三次元的女人了。"我喃喃地说。

"你说什么？"学姐一脸笑眯眯地问。

我从来没送过任何人生日礼物，不知道该送什么才好。想了半天我想到了。我决定调查一下大峡谷。我记得学姐说想到那里。带学姐去，她应该会很高兴吧？我决定送学姐大峡谷。

大峡谷是美利坚合众国亚利桑那州北部的峡谷。雄伟壮丽的景观已被联合国列入世界遗产，同时是美国数一数二的观光胜地。但我家族旅行去的就只有旧金山市区，所以无法以"跳跃"前往大峡谷。要带濑名学姐去，首先我必须独自到那里，双脚踏在那里的土地上。

我要规划一次单独从旧金山市内到大峡谷国家公园的旅行。在网络上一查，一千二百六十三公里的路程靠步行的话，须耗时二百六十小时。搭飞机看起来最轻松，但我会怕，所以还是不要。据说即使是在美国境内搭乘国内线，有时候也会被要求出示护照。护照我是有，但要是被发现上面没有盖出入境章就麻烦了。

话说回来，我的英语只有初中程度，又不擅社交，加上长得丑，究竟能不能单独在美国境内移动还是未知数。尽管不安，但要是遇到实在没办法的危险，只要"跳跃"逃命就好。

我趁家人熟睡的深夜走出家门。那是凉意逼人的夜晚。我从车库里把脚踏车拿出来，双手抱住"跳跃"。

咚！

视野切换，耀眼的阳光让我眯起眼睛。蓝天下耸立着红色大桥。我就在能眺望金门大桥英姿的海峡边。这里比日本稍微暖和一点点。不同人种的观光客都聚集在此，其中有好几个人好像看到我出现的那一瞬间，揉着眼睛感到不可思议。

我骑上跟着我的身体一起移动来的脚踏车，开始在美洲大陆上前进。离桥越远，踏板踩起来就越轻。进入市区后我找到一家银行，把日币换成美元。虽然紧张，却没有在吉祥寺的咖啡店点餐时那么严重。我看着地图移动，经过那道常在电视里见到的有地面电车行驶的坡段。我在迷路中，突然发现可以前往目的地的公交车总站，在柜台用蹩脚的英语买好第二天前往拉斯维加斯的长程巴士车票。在此结束了我第一天的行程。我抱着脚踏车"跳跃"。

咚！

回到日本自己家，正在床上复核明天的行程时，窗外亮起来，天亮了。家人起床开始吃早餐的时候，换我入睡。

"我要专心打电动，敲门可能没空应。晚餐也不用准备我的。不用管我。"第二天，我向母亲报备，假装要关在房里，然后"跳跃"到旧金山的公交车总站。

咚！

我坐上前往拉斯维加斯的巴士。

看报的白人大叔、一群爱说话的黑人女子也搭同一班车。黄种人只有我一个。在车上，我边晕车边消化了好几本轻小说。巴士停在大得不得了的停车场休息时，我下了车"跳跃"，回自己家上了厕所，又带了几本还没看过的漫画回来。花了超过十四个小时才抵达拉斯维加斯。搭长程巴士真的非常累人，其他乘客也都呈现濒死状态。下车的美国人当中，有人拍拍司机的肩,有人和他握手,好温馨。

咚!

一倒在客厅的沙发上,疲累就让我暂时无法动弹。
"你啊,玩电动也不必玩成那样啊。偶尔出去走走嘛!"母亲抱着收进来的衣物经过。

既然到拉斯维加斯,距离目的地就不远了。接下来,网络上说要到大峡谷国立公园最好的交通工具是租车。但我拥有的唯一一张执照是茧居入门级执照,我可不会开车。所幸,有很多从拉斯维加斯出发前往大峡谷一日游的旅行团,我决定报名。我用家里的计算机找到一家为日本人服务的旅行团,打电话去预约。被问到住哪一家饭店时,我就报了旅游书上一家有名的饭店。

咚!

当天早上,我在饭店前等,有巴士来接。到公交车总站后换乘大型游览车,出发前往大峡谷。参加旅行团的不是老夫妇,就是新婚夫妇,一个人参加的就只有我。正觉得不自在,一对老夫妇在游览车上和我说话,还分了好多点心零食给我。整个旅程我都和这对老夫妇一起行动。

一日游也安排参观胡佛水坝，到检查哨时，有安检人员上车来查看有无炸药。我们在大峡谷附近的村子吃了午餐，在过午时分终于抵达目的地。

"Hey, funny face."虽然有美国人这么说着与我擦身而过，但这片景色震撼得让我起鸡皮瘩疙，我甚至忘了要向他们挥手。

如果你眼前的地面被挖得比东京铁塔和天空树加起来都深呢？如果这片断崖一直延伸到地平线呢？这就是科罗拉多河侵蚀地壳变动后隆起的地表所形成的峡谷。我觉得我仿佛见到地球这颗行星最赤裸的面貌。无论是老夫妇还是新婚夫妇，在这片无尽的断崖面前就只能屏息惊叹。

然后，濑名学姐的生日到了。

"这里是火星吧……"

"学姐振作一点。这里是大峡谷啊。"

生日前一天晚上十点，我和濑名学姐处于大峡谷的Mather Point这个地方。这边的时间是早上六点。充满黎明前宁静的气氛。四周有很多同样来看日出的观光客。因为天色还很暗，看不清面孔，也不知道聚集什么样的人种。只是不时听到几句不同的语言，有人呼气，到处都充斥着冷得令人发抖的气息。

不久，东方天空变亮，正觉得整个天空即将变成会发光似的深青色时，地平线的尽头便出现了一团强烈的光。在场所有人都眯起眼睛目击那一瞬间。阳光一扫美国亚利桑那州的黑暗，让前一刻还置身黑暗的断崖成为浮雕，金光闪耀。无边无际的神秘地形一直延续到世界尽头。而我们就站在那里的正中央。

濑名学姐冷得发抖的嘴唇吐出白色气息。她的眼睛紧盯着景色无法移开，连话都说不出。美景当前，我们一时都忘了言语。但是，光为她镶上一层边框，好美。

"虽然早一个小时，但祝你生日快乐，濑名学姐。"

若以美国时间换算，距离生日还有十七个小时，但日本已是晚上十一点多了。

"你之前一路跑到这里，一定很辛苦吧。"

"对一个茧居族来说，是很不容易。"

"你一点都不是茧居族！茧居族怎么会在大峡谷！"

在我说明从金门大桥到这里的路程时，光的角度发生了变化，影子的浓淡和岩石肌理的色调都不断更新，仿佛在观赏一场动态秀。我们又陷入沉默，望着广袤无垠的美洲大陆地形，久久无法自拔。

咚！

我们移动到另一个景点。大峡谷有好几个景点，分别可以欣赏不同的景观。

"对了，大冢同学，你因为被不良分子欺负才不去学校的吧？要不要我跟男同学说？我有很多朋友，可以拜托他们不要再对大冢同学那样哦。"

在寒风中打战的濑名学姐说。

咚！

我们在清晨的拉斯维加斯闲晃，而我开口：

"刚才学姐说的那个就不用了。对那些不良分子什么都不用说。"

我们观赏未亮起霓虹灯的赌场，说起来现在这个城市里不知多少人正在宿醉。

咚！

胡佛水坝的储水量约四百亿吨。日本所有水库加起来的总储水量才两百五十亿吨，琵琶湖的储水量才二百八十亿吨，可见胡佛水坝多巨大。在两道悬崖的山谷间，耸立着一道扁平弧面的墙。

"谢谢你带我来。我没想到真的会收到生日礼物。"濑名学姐在可以眺望胡佛水坝的桥上说。我摇了摇头。

"要不要买点热饮和肉包？买完我们再回大峡谷。"我背起濑名学姐，"跳跃"回日本。

咚！

视野一切换，眼前就是一家便利商店。

"这里是哪里？福冈吗？"

我和从我背上下来环视四周的濑名学姐，走进那家便利商店。一看钟，是即将迎接凌晨零点的时刻。好歹赶上了。我们正在挑饮料时，零点整时，濑名学姐的手机收到一条短信，好像是她男朋友传来的生日祝福。学姐的脸顿时明亮起来。一分钟后，便利商店的自动门开了，一名我认得的男人走进来。他手里握着手机，一定是因为刚传过短信的关系。

大峡谷，其实是我把学姐带出来的借口。

我的计划是利用这次见面，让把我当作交通工具的任性学姐开心。我心头有过一丝失恋的痛楚。但现在这甚至让我感到可贵，我想好好珍惜。我决定把濑名学姐留在那里，自行消失。左脚和右脚并拢，膝盖微弯……

咚！

5

过完年，第三学期就要开始了。一月的早上空气好冰冷。我在暖炉前边取暖边穿袜子。

玻璃窗结露了，透进室内的光线显得苍白。

好久没上身的制服穿起来好别扭，尺寸不对。我好像在不知不觉间长高了。我重回社会，父母很高兴，但妹妹一样只会说"好恶心"。

我夹在衣着厚重的人群中走到车站。到学校一走进教室，所有同学突然安静下来，视线集中在我丑陋的脸上。班主任老师对我十分照顾，但同学的反应很冷漠。

某天上英文课时，老师用英语问我问题，我也以英语回答。老师露出惊讶的表情，大概因为我的发音很顺吧。英语会话要不进步也难吧，毕竟我都一个人旅行到纽约了。

我咀嚼着失恋的滋味，一个人在大峡谷茫然乱走，走着走着就朝东走去。我抱着痛楚和一个人的孤寂，四周环绕着美国的景色，十分舒适宜人。不知不觉，我开始以美洲大陆东岸为目标展开旅程。最先搭巴士和火车，但资金用光后就没办法乘车了，只能靠步行和骑脚踏车。

脚踏车行经一个又一个城镇,被喊"funny face"时也会跟他们开开玩笑,不知不觉就会讲英语了,最后靠搭便车抵达曼哈顿岛。

在酷寒中坐渡轮到自由岛,抬头仰望自由女神的那一刻,我的旅行结束了。

回到日本自己的房间,下楼到一楼,家人正好在餐桌旁吃早餐。我把小得可以托在手心的自由女神像放在桌上,说:"这个是纪念品,我到过纽约了。"父母以为我终于神经错乱,想带我去医院。家人并不知道我每晚都在美国旅行。因为我寸步不离房间,父母很担心我终究变成重度茧居族。

不知是横越美国让我有了自信,还是我寻求更进一步的修炼,我决定第二天起就重返学校。

即使又回去上学还是交不到朋友,在教室里必须一个人过,但我已经不再感到以前的孤独。我能够保持稳定的情绪,就像鞋底牢牢踩在地面上一样。对于讥笑我长得丑的种种言语也听而不闻,不再满头大汗了。我心里想到的不是金门大桥,而是和濑名学姐看到的大峡谷、让我搭便车的美国人家庭、在大雪中变成一片银白的曼哈顿市街道。

某天放学后,我正在教室收东西,不良分子又叫了我,把我带到屋顶。就是以前从我的钱包里抽走纸钞,还讥笑我长相的那些人。他们大概看我不顺眼,对我又推又打。我蜷伏在地,他们就用恶毒的话骂我，放声大笑。他们当中有女生，还提议"脱掉他的衣服拍照！""好主意！""来录像吧。你来掌镜。""我告诉你，这可不是霸凌哦。你可别自杀哦？别找我们麻烦。"

于是我决定了。我爬起来逃脱他们的掌握，大叫："呜哇啊啊啊啊啊啊啊啊！我不要活了，我要跳楼！"

当然是演的。我在平静得不能平静的心情中起跑。爬过防止失足跌落的铁丝网，站在屋顶边缘。

"我要自杀给你们看啊！我要死给你们看！你们全都下地狱吧啊啊啊啊！呜哇啊啊！"

背后响起不良分子急得大嚷大叫的声音。我从校舍屋顶看着正下方的地面，这也没多高，和金门大桥及大峡谷的高度比起来，仅算是一小级阶梯。现在我终于明白，学校的校舍不过就是又小又窄的地方。我朝着半空中"跳跃"。

咚！

"咦？这不是大冢同学吗？"

"啊，学姐。"

我和下楼的濑名学姐遇个正着。此时学姐和朋友走在一起，但和我讲话后便停下来让朋友先走。学姐眯起眼睛，把我从头打量到脚。

"看到大冢同学穿着制服,无论看多少遍都好感动啊。学校生活还顺利吗?"

"还好。"

重回学校后,我才明白一件事。濑名学姐因为容貌出众,是很特别的人。为了怕引起众人的目光,我在校内不和濑名学姐有接触,很小心地避免接近她。

"你从纽约买回来给我的杯子蛋糕好好吃喔。人在日本却能吃到,友情诚可贵呀……"

教职员办公室那个方向吵了起来。那群不良分子被老师带走。一看到我,他们精神错乱般叫喊起来。其中那个女生怕得像见鬼。

"出了什么事啊?"

"我也不知道。"

不良分子们被老师带走了。濑名学姐回头看我,把头一偏。

"咦?大冢同学,你受伤了喔?"

唇角阵阵疼痛。我伸手一摸,指尖沾了一点血。应该是刚才挨打的时候受的伤吧。

"等一下。来,这个给你。"

濑名学姐翻书包拿出创可贴。

"不用谢我。大冢同学,你变得比较有男人味了呢。男生才一下子没见就会这样,真好玩。那我要走啰,下次再聊。"

学姐朝我挥挥手,去追朋友了。我目送她的背影,把创可贴收进口袋。

放学后的校舍里,大群学生来来去去。不久,窗外就会染上晚霞的颜色吧。我面向正前方,踩着稳稳的步伐,在校舍的走廊上迈开脚步。

1

  我这个人，没有什么独特的个性，外表也没值得着墨之处，就像随处可见的小石子般人畜无害，连在不在都让人搞不清。初中时，没一个老师记得我的名字，班上同学连一次都没正面跟我说过话。他们不是故意不理我，而是因为我的存在感太过薄弱，几乎看不到我。我就是这种体质。

  在极少数的状况下，我必须在教室里发言。好比上课时，老师以点名簿随机选学生的时候。即使是毫无存在感的我，名字好歹会被登记在点名簿上。

  "铃木，来解下一题。喂，铃木伊织，你在哪里？"

  "到。"

  我一举手，好几个同学就一脸讶异地回头看我。

  "怪了？我们班有这个同学吗？"一副想这么说的模样。我不喜欢别人用这种视线看我，但没有存在感也不见得都是坏处。初中时，我们班霸凌横行。乍看一点都不像不良学生的几个活跃男生和女生联合起来，锁定文静乖巧的男生，说他的坏话，藏他的东西，再取笑他。

  金字塔底层的同学一定每天都过得战战兢兢。自己现在不是被霸凌的对象，但明天会怎么样没人知道。没人愿意变成下一个被霸凌的对象，他们都活得偷偷摸摸的，尽可能不要被那些霸凌的同学看到。

我与这样的不安无缘。毕竟我这个人就算在场，存在感也像不在一样。即使大大方方从霸凌的同学身边走过，他们的视线也会直接穿过我，绝对不会把我当成目标。

有一天，被霸凌的男同学转学了。

一回想起当时，我就后悔不已。自己那时候为什么没采取行动呢？从来没有帮过被霸凌的男同学，自始至终都袖手旁观。要是自己心中还有那么一点正义感，应该能有所作为不是吗？

这稀薄的存在感还有另一个值得感谢之处，走在夜路上也不会被坏人盯上。最近，市内常发生女性暴力案件，我的朋友也受过不小的伤害。但我与这类危险无缘。

我长成一个没存在感的人是有原因的。应该算是所谓的生存本能。我父亲在外敦亲睦邻，不喝酒不赌博，但一下班回家就对母亲和我挑三拣四，毫无理由拳脚相向。

有一次，父亲说了句"你光是在那里呼吸就让我心烦"，便拿起沉甸甸的玻璃烟灰缸扔向母亲。虽然没有性命之忧，但砸伤了母亲的额头，母亲血流满面，我吓坏了。然后我凭本能感觉到：我必须保护自己，必须学会如何脱离父亲的暴力，否则会有危险。于是父亲在家期间，我便努力尽可能减低自己的存在感。

像捉迷藏那样躲起来没有意义。小小公寓里无处藏身，而且这么做，逃避父亲的态度反而会触怒他，下场一定更惨。我必须乖乖待在屋里，化身墙上一块斑点般的存在，进入父亲的视野也能让他视而不见。

漫画《哆啦Ａ梦》里出现过一种叫"石头帽"的道具。戴上这顶帽子，就会变得像路边的小石头般不起眼，即使就在眼前，对方也看不见。这就是成为所谓的透明人。不，就连穿戴在身上的东西对方都看不见，所以比身体变透明更方便。我的目标就是这种状态。

一感觉父亲要回来了，我就在屋里一角抱着膝盖，让呼吸沉静下来，然后想象自己的身体从那里消失。身体的轮廓从指尖开始消失，空气与自己的界线变得模糊，我的身体在想象中融化在屋子里扩散开来。忘了自己有名字，意识像灵魂出窍一般，视野变得像从天花板那里俯瞰室内。那并不是实际上的视野。现在回想起来，应该只是我那样觉得罢了。但一直这么做，就会觉得自己这个人的存在慢慢变淡消失。

神明听到我的祈求。父亲对我说话的次数减少，也不再朝坐在墙边的我看了。

不久，就算一家三口都在屋里，也不再出现与我有关的话题。

开始准备用餐的时候，母亲只准备两人份，我终于主动开口：

"妈妈，我的呢？"

母亲大梦初醒般转过头，仔细确认般注视我，帮我盛饭。那时候，母亲似乎暂时忘记了我这个女儿的存在。

习惯抹消存在后，不久，我学会在这种状态下走动。不管父亲心情好还是不好，我天天都抹消自己的存在，避免与父亲接触。或许因为我太常处于这种状态，不知不觉地不费吹灰之力就能做到，抹消存在简直就像呼吸心跳一般，反而变成常态。

直到现在，我依旧随时维持着让自己身体扩散到空气中的意念。可能是小时候培养起来的认知长大就不再变了。如果不刻意去想，就不觉得由血肉骨头组成的铃木伊织在这里。多半因为这个缘故，当我处于什么都不做的常态时，身边的人很难察觉到我的存在。

假设一般人的存在感为一百，常态的我存在感顶多只有五。举例来说，就算我跟谁待在同一个房间里，只要我没出声，那个人就不会发现我。如果我用心抹消存在感，数值甚至可以到达零。在这个状态下，我的存在感完全就如空气般。

我利用让身体消失的想象消除存在感，但若是把过程颠倒，也能够暂时提升我的存在感。有时候不可抗力的事情会造成这个情况。像是有人触碰我的时候、感觉疼痛的时候、因为疲累而呼吸急促的时候，我会强烈意识到身体存在，无法变成空气，身边就会看到铃木伊织这个人。

　　我小学二年级的时候，父母终于离婚。多亏母亲兼职工作那里的男性上司帮忙处理，他们得以顺利离婚，过程好像没有发生争执。我当然跟着母亲，所以不知道父亲现在过着什么样的生活。

　　离婚半年后，母亲再婚。对象就是那位上司。后来小宝宝出生，变成四口之家，母亲身上不再有瘀青伤痕。我们搬进的独栋房子气氛很明亮，母亲得到幸福的人生。如果说有什么问题，那就是我。

　　大概我身上流着父亲的血，让母亲想起父亲。母亲和继父对我似乎觉得有那么一点不舒服。只要没有我，他们就能完全切割过往，以完美的三口之家重新出发。所以我在新家也抹消我的存在，屏着气息静悄悄过日子。

　　即使餐点没准备我的份，我也不在意。我认为母亲应该忘记我而拥有幸福，我甚至认为这样才好。我学会在一旁看着带孩子的母亲与继父，自己准备餐点并一个人悄悄地吃。

　　在独栋房里，他们还是为我准备了房间。门上挂着我的名牌，所以每次看到，母亲和继父应该会想起"哦，对喔，我们家还有另一个人"才对。

弟弟四岁的时候来过我房间。大概忙着在家里探险，看到从门缝里怯怯地往房里看的弟弟，让我玩心大起。

"你好。"

我一叫，本来视线游移的弟弟一脸吃惊地发现了我。他应该觉得我是突然出现在本来空无一人的房间里。

"你是谁？"

弟弟以稚拙的口吻问道。

"我是你姐姐。"

"我没有姐姐啊？"

"其实你一直有啊。我从你是小婴儿的时候就一直看着你，只是装作我不在而已。"

"哦。可是，我认得，姐姐你。"

他偷偷这样告诉我，但看来他似乎把我当成给他零食糖果的妖精了。因为他哭闹着要吃零食时，要是父母忙着别的事不理他，他就会一直哭个不停，所以我会随便塞几个小馒头或是汽水糖给他。我蓦地出现，给了他零食又立刻消失，所以弟弟觉得我很神奇。

我上高中那一年，弟弟成了小学生。这个年纪，应该会怀疑世界上没有妖精了。这么一来，他把我当成什么呢？我只在缴营养午餐费、需要零用钱或学校发下须请家长签名的文件时，才调整存在感以家人的身份出现。那时才和弟弟交流，平常连视线都不会对上。这样一个姐姐，他或许觉得很不舒服。

这个世界上，到底多少人知道我这个人呢？这个问题我一天会想上好几次。户籍上我的确存在，高中的点名簿上也有我的名字。可是，我是形同不存在、可有可无的生命。

早上醒来，见到一片蓝天的时候，我会打开房间窗户，闭上眼睛。心想我会不会就这样化在风中被吸进天空。这样我就什么都不必再想了。我无法想象自己将来过什么样的人生。

我会和谁结婚生子吗？在那之前，我会喜欢上什么人吗？还真有点难以想象。

我一直这么想，但我错了。也许等时候一到，每个人都逃不掉。过着高中生活，我明白了恋爱是什么。当然，我这样的人根本不敢告白，我看着那个人就心满意足了。

2

班会结束，教室闹哄哄的。我拿着书包站起来，穿过闲聊的女同学之间，走出教室。走廊很安静，空气很冷。从窗户看出去的天空挂着淡淡的半透明云朵。刚进十二月没多久的这个时期，操场空无一人。足球社和田径社都不见踪影，因为第二学期的期末考就快到了，社团活动全面暂停。

上条学长所属的三年一组教室里，班会刚结束。穿着黑色长袖制服、身材修长的学长从我身边走过。

我立刻追随学长的背影。这所谓跟踪狂的行为,是没有存在感的我的拿手好戏。

步行在走廊上的上条学长穿着白色的匡威鞋。我们高中没室内鞋,都直接穿着鞋在校舍内移动,所以校门口也没有设置鞋柜,自然也没有漫画之中常见、偷偷把情书放进喜欢的人鞋柜里的风俗。要向喜欢的人告白,大概只有当面表白或发短信这两个办法。如果没有这个勇气,就只能用目光追随那个人了。

来到校舍外,上条学长舒舒服服地伸展了一下。书包斜背在肩上,双手插进口袋,就这样迈开步子。我并肩走在学长身边仰望他的侧脸。他并没发现我,学长认为他单独走在路上。

车站前的商店街播放着圣诞歌曲。行人变多了,我放弃和学长并肩而行。擦身而过的人个个都没注意到我直接走来,数次差点撞到我。我换成紧跟在学长背后。一路上,学长有时紧盯精肉店刚起锅的可乐饼,有时看看电玩店花车货架上卖的二手游戏光盘。每次我都会在学长的脸和他视线的尽头来回观察,想象此刻学长在想什么。

"上条!"

后面有人呼唤,学长停下脚步。我差点撞上,赶紧跟着紧急刹车。我绝对不能撞到任何东西。触摸这个行为会让我强烈地想起自己有身体,让平常扩散开的存在感暂时凝聚。还好我及时用力刹住没撞上,学长开朗的声音就在眼前响起。

"喔,阿桥,还有岩城也在啊。"

因为身高差距,他的视线从我头顶上方二十厘米左右处经过。阿桥是三年级的桥本学长。上条学长、桥本学长及岩城学长这三人,在学校里常一起行动。

两个人的脚步声朝我们靠近,我站在被三人包围的位置。他们在头顶上展开对话。

"你等会儿有事吗?"岩城学长问上条学长。

"没有啊。干吗?"

"要不要去玩?"

"你们不用念书吗?我拿到保送了,倒是很闲。"

我从围住自己的三角形中找到最大空隙,小心翼翼溜出。结果,他们三个人决定到附近的卡拉 OK 唱一小时。我犹豫着要不要跟去,但心想着也许可以从学长与朋友的对话当中得到关于学长的稀有情报,所以决定悄悄同行。

"好久没唱歌了。"

在柜台等候时,桥本学长说道。

"我上次跟鲇川学长去过。"

我竖起耳朵偷听上条学长说话。

"他还在打篮球吗?"

"在大学好像没有。"

"他超可怕的。"

鲇川学长是他们以前在篮球社的学长吗？他们三个直到前阵子的毕业比赛都还是篮球社社员。

包厢准备好了，他们进电梯前往包厢。在高个子的他们身后，我像只黏在鲨鱼身上的长印鱼般，悄悄地紧紧跟随。电梯和通道都有监视摄影机，应该会拍到我。拍摄出来的影像会摊平所有存在感。我祈祷店员没那么勤快，否则他们一定会发现在柜台报的人数跟监视摄影机拍到的人数不一样。

"我们要两瓶可乐、一瓶乌龙茶，然后再来一份大薯条，谢谢。"

一进包厢，岩城学长就用对讲机点三人份的饮料和薯条。包厢意外宽敞，小心一点应该不会被撞到。太好了。他们立刻在机器里输入号码，乐曲大声播出。我在同一个包厢的角落望着开心的学长们。

我一边听桥本学长深情款款地高唱《残雪》，一边偷吃桌上的薯条。岩城学长对薯条不知不觉变少感到纳闷。当时间所剩不多，我头旁边的对讲机响了。我还来不及离开，上条学长就从座位探身过来拿起听筒。学长的脸正好就在我前面，他就在呼气会喷到我脸上的距离说：

"我们不用延长。好的，谢谢。"

我紧张得缩成一团。当学长把听筒挂回，那张端正的脸离开，我才松一口气。

我会知道上条学长,是因为我的朋友春日部沙也加把他当话题。

"好帅喔。所谓的长得很精致,就是他那样的人啊。"

她一脸陶醉地说。午休时间的屋顶上,除了我们还有好几个学生在晒太阳。

"我有一件事想拜托伊织,你能不能去帮我拍照?"

"拍照?拍什么?"

"上条学长啊。伊织可以紧贴学长也不会被发现吧?我好想要学长的照片喔。"

"不行不行。就算我没存在感,也不能做那种坏事。"

可是,我无法拒绝她的请求。

某天,我被春日部沙也加带去看体育馆举行的篮球社比赛。那时候,上条学长还没有从篮球社毕业,是主力选手。体育馆里充斥着热气和欢呼。拍球的声音和运动鞋鞋底发出的摩擦声,听起来很舒服。

"你看,那个人就是上条学长。"

"咦?哪个?"

"背号四号的那个。"

"对大家下指令的那个?"

"对对对。"

春日部沙也加把 iPhone 交给我。

"这台 iPhone 装了消快门音的软件，靠得很近偷拍也不会被发现。"

"真受不了你，仅此一次下不为例哦！"

我叹了一口气，去拍学长的照片。穿过观众，进到正在举行比赛的篮球场。要是普通人，早就被裁判叫住并暂停比赛，在观众的嘘声中被赶出去吧。但没人注意到我的存在。假如这是职业篮球联赛，观众席上无数的摄影机一定会拍到我，造成大骚动。但除了我，我没看到别人为体育馆里举行的比赛拿出相机。

学长在球场里跑来跑去，我边追边拍。当然，我不忘在拍摄全程注意球的动向，很小心不撞到横冲直撞的其他队员。

就近以仰角按下快门，我才头一次看清上条学长的脸。因为体育馆的照明，汗水在发光。就像春日部沙也加说的，学长的确长得很精致。

3

和朋友分手后落单的上条学长，通过车站的收票口上了电车。冬天白天很短，外面天已经黑了。学长在离他家最近的车站下车。走往住宅区时,行人越来越少,巷子里后来只剩下我们。我走在学长身边,一路上看着陌生的人家。如果是《哆啦A梦》的"石头帽",使用者造成或发出的声响别人都听不见。可是,我还没到达这个境界。不知道是不是听到我的脚步声和制服的摩擦声,学长停下来好几次,一脸狐疑地环视四周。

我们走在点起一盏盏路灯的巷子中,许多人家的抽烟机飘出晚餐的香味,让我忽然想起母亲。我很喜欢母亲做的菜。虽然几乎不会一家四口围着餐桌吃饭,但在旁边看着母亲、继父和弟弟三个人说说笑笑,夹点火锅里的东西来吃,对我而言是最幸福的时光。

上条学长在一户独栋房子前面停下。铺着草皮的庭院,大得可以请朋友来烤肉。学长拿出钥匙打开门,说声"我回来了"走进去。我本来想趁门还开着的时候溜进去,但来不及,门就在我眼前关上,响起上锁的声音。

今天要不要到此为止,回家好了?

不,我还想继续。我想多了解学长。有没有办法进学长的房间呢?

我看到停在停车场的一辆脚踏车。银色的防水套没完全套好,随风飘动。我把它扯下来,扔在了路上,然后按了上条学长家的门铃。他们家的门铃有镜头和通话功能。

"喂。"

响应的是一个女性的声音，应该是上条学长的母亲。我对通话口说：

"不好意思，我看到路上有脚踏车套，不知道是不是你们家的……"

"哎呀，糟糕！"

屋内传来在门口穿拖鞋的声音。门一开，看似学长母亲的人便趿着拖鞋来到外面。只见她东张西望在找我，但看不到抹消存在感的我。她发现脚踏车套摊开掉落在巷里，便先捡了起来。我趁这个空当进了屋。

我在玄关脱鞋，把鞋收进事先准备好的束口袋。先从正面走廊走进看看，进去是十坪*左右的大客餐厅。餐桌上准备四人份的晚餐。学长家是四口之家。爸爸、妈妈、学长自己，剩下的那个，应该就是躺在沙发上看电视的那个女生了。

我静悄悄地偷偷看了看她的长相，和学长很像，但稚嫩得多。根据我的事前调查，她应该叫作美优。学长的母亲从玄关进来，那女孩爬起来问：

"干吗的？"

"应该是路过的人，告诉我们脚踏车套被风吹走了。"

---

* 坪源于日本传统计量系统尺贯法的面积单位，1坪等于1日亩的三十分之一，合3.3057平方米。——译者注

"哦。哥怎么没发现？"

"那孩子有时候挺粗心的。"

我从交谈的两个人中间穿过去，离开了客餐厅。

学长在二楼吗？我找到楼梯，便爬上去看看。虽然很暗，但总不能开灯。要是灯突然亮起来，他们一定会觉得很奇怪。

二楼的走廊上有好几道门。其中一道门开着，光线从那里透出。这时候，楼下传来妹妹的声音：

"哥，吃饭了。"

上条学长的头从我正准备要偷看的房间里探出来。

"爸呢？爸回来了？"

学长好像正在换衣服。只见他边穿运动衫边问。

学长的身体就在我眼前，我贴在墙上，一动也不敢动。

"爸说今天会比较晚回来，所以我们先吃。"

"我马上下去。"

他们家习惯全家到齐才开饭吗？学长回应了妹妹，然后又回房间。他是去拿手机，和春日部沙也加一样的iPhone。

我也紧跟着学长一起进房间环顾室内。书桌、计算机、床、小型电视、好几种电视游乐器。然后在桌上一个明显的位置，放着一个签过名的篮球。除了脱下来的制服散乱在床上，其他地方都整理得很干净。

上条学长关灯，到一楼去吃晚餐。我被留在漆黑的室内，竖起耳朵听学长的脚步声在楼下远去。

好啦，来翻学长的房间吧。

在这片芸芸众生的土地，我悄悄地、卑微地生活着，不让任何人发现。我的存在太过薄弱,即使直接扩散到空气中消失了,恐怕也不会让任何人有任何感触。有一段时期我是这么想的。

被那个同学叫住，是在樱花已经散尽，树木开始冒出鲜嫩黄绿色叶片的时候。

"喂，你昨天也在那里吧？"

午休时，我坐在校舍后的阴影中，正啃着甜面包的时候，有个女同学走过来说。是不是有人站在我背后，然后她在跟我背后的人说话？我回头确认，她却觉得好笑似的说道：

"不用装傻了。你这人真奇怪，大家好像都看不到你。不过，我注意到啰，你就在那里。"

她说她叫春日部沙也加，和我一样是一年级的。过去从来没有人注意到犹如空气般存在的我。她到底是怎么发现我、跟我说话的？

"就是觉得怪怪的，所以我就睁大眼睛仔细看。然后就看到啦。"

春日部沙也加能发现我不是偶然，恐怕是受到她母亲的影响。她母亲从事校对小说、杂志的工作，春日部沙也加说她从小就会帮忙。

"阅读文章,要是发现错字、漏字,零用钱就会增加。后来我不用读,看一眼就能知道哪里有错误。我们不是会把印了字的纸摊开来放在眼前吗,只有出错的地方看起来会亮亮的。不是真的发光啦。就是觉得只有那里怪怪的,仔细去看,那里要不是汉字写错,就是漏了字。"

看来春日部沙也加培养出发现有异之处的能力,即使是难度很高的"比比看"挑错游戏,她也一秒就能解开,刘海只剪短几毫米,她也会立刻注意到。

我们不知不觉就成为朋友。她是第一个会在我到学校时跟我说"早"的人。我之前甚至没想过交朋友的念头。见到教室里开心聊天的团体,我总觉得那是与我无关的世界。有一个午休时能聊天、放学后一起上街的朋友,我的人生改变了。自己心中模糊的不安消失了,我确信:自己这个存在虽然薄弱到极点,但我的确存活在这个世界,的确在呼吸。

但出事了。就在十一月底的时候。

"走进那条路的时候,我就觉得有点怪。明明是很熟悉的路,却觉得很陌生。可是,回家的时间又已经太晚了,所以我没有折回去……"

我听到这些,是出事的第二天。她透过电话带着哭声告诉我。虽然歹徒没得逞,但她的心灵深受创伤,从此不再上学。

那天晚上，春日部沙也加走在一条两侧都是杂木林、很少人会走的路上。因为社团活动到很晚，天已经全黑。在那条路上，她越走越感到陌生。校对寻找错漏字所训练出来的直觉，告诉她情况不太对劲。

"好像会发生什么事。"

她才刚刚提高警觉，树丛后就有人冲出来。还来不及尖叫，她就被推倒且压在那个人身下。那个人戴着面罩，那是个只露出眼睛和嘴巴的黑布面罩。除了推倒她的人，还有另一人。另一人想把一团布塞进她嘴里，应该是防止她大叫。

即使戴着面罩，从身材和声音也知道那是男人。

春日部沙也加拼死抵抗，她能脱身逃跑是个奇迹。或许因为事发前那一刹那提高警觉，让她在当下没被吓得停止思考。

她去附近人家求救的时候，身上制服凌乱，脸上、手上都是伤痕。我听了这件事，想起了母亲——被父亲打得遍体鳞伤的母亲。

报警时，警方告诉她不久前发生过女性遭两名男子联手性侵的案件。与攻击春日部沙也加的那两人恐怕是同组犯人。他们很可能实际犯下更多案子，只是被害人没有报案。像这样的案件，被害者不敢报案的情形很多。春日部沙也加这次的事，犯人虽然没得逞，但我一想象万一得逞就毛骨悚然。

出事过一阵子，春日部沙也加把以下这番话告诉我。只告诉我一人，大概实在忍不住吧。

"伊织，我跟你说，有一件事我一直很在意。我真的不想想起来，可是就是记得好清楚。推倒我的那个男人脸上戴着面罩，只露出眼睛和嘴巴。我在昏暗的路灯灯光下看到了，那双眼睛，我有印象。也许是我想太多了，所以我没有跟警方说……可是，我之前每天都看iPhone……因为我设成的桌面……伊织，你说我该怎么办……犯人的眼睛，和那张照片的眼睛好像……"

她的iPhone桌面，就是我在篮球比赛中拍的上条学长的照片。

4

楼下传来玄关打开的声音。好像是上条学长的父亲回来了。我继续调查室内，同时小心不发出任何声响。我在找证明学长是犯人的线索。

春日部沙也加的说辞虽然指出上条学长是犯人之一的可能性，但事实如何还不知道。也许她误认了。我虽然很想相信她，但说学长是犯人未免太离奇了。难怪她会迟疑着不告诉警方。所以我决定私下调查。利用我空气般的存在感跟踪上条学长。调查他的人际关系，尽可能偷听他和朋友的谈话。假如学长是犯人之一，应该会和另一个犯人接触，话中或许会透露出一些与犯案有关的蛛丝马迹。

楼下传来谈笑声。学长还没要上二楼的样子。书桌的抽屉我翻过了,里面只有文具。不,抽屉底下还有装文件的透明文件夹,夹在里面的看来是手机合约。我在合约里看到一张便条纸,上面写着电子邮箱和密码,应该是怕忘记写下来留底。

十分钟后,上条学长回到房间。那时候,我正在翻衣橱深处的一个纸箱。我发现有人上楼,赶紧把翻出来的东西放回衣橱,带着书包和装鞋子的束口袋关了灯,赶往房间深处。但因为眼睛还没有适应黑暗,小脚指头撞到了椅子。

椅子哐当一声移动了,我感到一阵剧痛。椅子撞到书桌,装饰在上面的篮球因而晃动。我没时间扶,只顾着滑进床底下约三十厘米的空隙。

紧接着,学长就开了门。

"美优?"

走廊上的灯光照亮床头。夹在床与地板间这段狭窄的视野中我看到篮球反弹,滚到学长脚边。

"美优,是你吗?"

房间亮了,应该是学长开了灯。我看不到他的手。我此刻趴在床底下,只看得到学长的脚。

平常我不需要这样躲也不会被别人看见,但现在我处在一个特别情况。小脚指头一阵阵地疼,这份疼痛让我意识到自己也有肉体。扩散在空气中的身体意念,以疼痛为中心描绘出轮廓。

我稍微能够了解那些割腕女生的心情了。一个人可以借由疼痛重新意识自己的身体,提醒自己还活在这个世界上。可是,可以不要现在吗。在一波波疼痛平息前,我的样子会被任何人看到。要是学长往床底下看,那就大眼瞪小眼,发现入侵者的存在了。

学长捡起篮球,似乎是把球放回了桌上。

感觉到轻轻的脚步爬上了楼梯。好像是妹妹上楼来了。

"美优。"

"干吗?"

一双穿着拖鞋的细腿,出现在敞开的门后。

"刚才有没有地震?房子有没有晃?"

"地震?没有吧?怎么了?"

"球自己掉下来了。而且,你看,东西都有点偏了。我摆的一些小东西,方向都和平常不一样。"

"搞不好闹鬼哦。哥,你是不是在哪里被女鬼缠上了?"

妹妹的脚往走廊那边消失了,好像是进了自己的房间,因为传来门关上的声音。

学长在房里四处走动。穿着袜子的脚走过来又走过去,感觉上是一个个确认小东西的位置。后来,学长的脚就朝床靠来。终于要查看我躲的地方了,我做好心理准备。但学长叹了一口气,在床上坐下。我身体上方的床垫往下沉,弹簧发出挤压声。

我心想:真的是他吗?不是春日部沙也加误认吗?万一学长与案情无关,那我才是罪犯。像这样跑进别人的房间,我到底在做什么?要是被发现,绝对不是随随便便就算了。

一阵电子声响起,好像是学长的 iPhone。

"喂,我是上条。"

学长边讲电话边起身,床发出唧唧声,他接着关上敞开的房门。

"现在吗?可以啊。鲇川学长可以吗?"

来电听起来是个姓鲇川的人,在卡拉 OK 那时候也提到过这个名字。

"好的。三十分钟后见。了解。"

讲完电话,学长走向衣橱,拿出衣服开始换。我从床底下仅看得到脱下的衣服掉在地板。有人敲门,然后门开了。

"哥,这是我跟你借的漫画。咦?你要出去?"

"去便利商店。"

"那帮我买豆沙包。"

"我在换衣服啦,出去。"

学长关上门。感觉他们兄妹感情很好。这样的学长,会对女性做出人称"性侵"的暴力行为吗?

换好衣服即将出发时,学长翻起衣橱深处的纸箱,从里面抽出什么东西。我扭动身体想看清楚，争取把脖子伸到床的边缘。

学长没拿好，东西掉在地板上。是一块黑色的布。学长捡起来的时候，布松松地垂下来摊开，让我目睹了它的模样。是眼睛和嘴巴开洞的面罩。

学长停止动作。

也许听到我倒抽一口气的声音。

学长弯下身，往床底下看。他的视线与我交会。

但感觉到视线交会的只有我，学长的视线扫视床底一圈，松了一口气。我的小脚指头已经不痛了。身体的意念再度扩散，我这个人的存在，又回到薄弱到学长看不见的程度。

学长把面罩塞进口袋，关掉房间的灯，然后关门走向楼梯。我在漆黑的房里竖起耳朵，听到他向父母说要出去，接着是大门的开关声，以及脚踏车解锁的声音。

我终于爬出床底，走到窗边。隔着玻璃看到跨上脚踏车外出的学长。他从家门前的那条路往车站的反方向骑，不久就被建筑挡住看不见了。

学长有面罩，是和犯人戴的一样，眼睛和嘴巴有开口的那种黑色面罩。可是，慢着。刚才那个会不会是御寒用的？会不会因为要顶着十二月的寒风到便利商店实在太冷，才带着去的？一定是这样。可是，刚才瞄到骑在脚踏车上的学长，他脸上什么都没戴。如果是御寒，那骑上车就应该戴啊。现在还不能确定学长就是犯人。可是……我喷一声。如果学长真的是性侵犯之一的话……

我走出房间下楼。顾不得有没有发出声音了，我从束口袋里拿出自己的鞋子，迅速在门口穿上飞奔而出。

进门费一番功夫，但出去很简单。打开门上的锁，直接出来就好。就算被学长的家人看到，也只要逃跑就好。门没锁也无所谓，现在第一优先是追上上条学长。

若学长就是犯人，带着面罩在晚间外出，那么要做的恐怕就只有那件事了吧？刚才来电的，就是另一名犯人。而那通电话会不会就是相约犯罪？如果今晚他们要进行不知第几次的犯案，那么我必须在受害者出现之前制止学长才行。

我在十二月冰冷的空气中全力疾奔。一盏盏路灯串起的巷子里，已经不见上条学长的身影。我朝脚踏车骑走的方向跑。从书包里拿出手机，边跑边开机。怕手机破坏我的跟踪行动，我一直关机。我从通信簿里找出春日部沙也加的号码，打给她。铃响几秒，她就接了。

"喂！沙也加！你现在方便讲话吗？"

"嗯，我在打电动。"

出事以来，她几乎所有时间都待在家里。她应该能使用计算机。

"我有东西想请你帮忙查！"

"伊织，你怎么了？你在跑步？"

"嗯，我正在跑！"

我一边右手提着书包，左手拿着手机抵住耳朵，一边跑马拉松。呼吸不顺，说话也很困难。我平常不太运动，已经喘不过气来了。可是一想到等一下可能发生的事，我就不能不跑。此刻，我正站在能否阻止犯案的紧要关头。

因为突然跑起来，我的肺好痛。我呼吸困难地向春日部沙也加解释缘由。我没告诉她我要调查上条学长，所以她非常傻眼。

"伊织，你在搞什么啊……"

"沙也加，我有东西想请你帮我查。"

我拿出塞在口袋里的一张纸条，是我从学长书桌抽屉里拿来的。我把上面写的电子邮箱和密码告诉春日部沙也加。

"你能不能用这个看到学长的电子邮件？"

计算机和网络方面，她懂得比我多。

"嗯。如果密码没换的话。只要能登录，应该就能使用一些服务。虽然不应该，但这时候顾不了那么多了。"

"能不能找找看他有没有跟一个姓鲇川的人互通邮件？我必须找到学长的所在地。搞不好有犯案地点的相关记录。"

"那就不用看电子邮件了。"

我因为红灯停下来。眼前是大马路的十字路口。我呼出来的气化成白雾散开。我靠在砖墙上，决定在信号灯变绿前稍事休息。右手脱力，书包滑落，可我一点都不想捡。等一下再回来捡吧。隔着手机，感觉得到沙也加在操作计算机。

"顺利登录了。"春日部沙也加松一口气般继续说道，"然后，嗯，果然……伊织，我知道学长现在在哪里了。"

"怎么知道的？"

"我用手机定位服务。"

根据她的说明，这项服务是利用 iPhone 发送的电波，在地图上显示手机的所在地。为了应对手机遗失或被窃的状况。只要手机开机，在计算机浏览器上登录就可以利用这个服务。根据地图上显示的信息，现在学长手机正在市政府管理的公园。

"公园？"

"嗯。伊织现在在哪里？走路不知道到不到得了？"

我把自己的位置告诉春日部沙也加，她看着网络上的地图，告诉我公园的方位和距离。并不算太远。信号灯变绿了。我挂了电话，再度开跑。

我累得好几次想停下来，但还是朝着那里跑。跑过住宅区，见到茂密的树林剪影了。这里在我的生活圈外，我从没来过。这是一座占地广大、看不到尽头的公园。

为了确认上条学长的位置，我在公园入口再次联系春日部沙也加。

"我想应该还在公园里，但不是很确定。因为沿着人行步道走过去后，电波就中断了，估计是关机了。"

听她这么说，我惊觉这代表什么。关机，不就是怕突然响起来会有麻烦吗？现在的 iPhone 和刚才的我一样。学长现在也许正悄悄躲起来。

"我已经叫警察了。我匿名报警的，不知道他们愿不愿意出动？"

"我、我也不知道……"

连发出声音都很辛苦，我多少年没这样跑步了，肚子好痛，好想蹲下。

"伊织，你还好吗？"

"我得……喘口气……不然会被发现……"

我做了几个深呼吸，看了竖立在入口的公园地图。朝人行步道走就对了，学长应该躲在步道尽头某处。我想象身体融化在黑暗中。我必须抹消存在感才能接近上条学长。

公园里的路灯根本不够，到处都是光线照不到之处。石板人行步道上散落着落叶，一踩到就会发出枯叶碎裂声。因为刚才跑步，我里面的衣服都湿了。我深深吸气和吐气，冰冻的空气跑进肺里。

人行步道的尽头是又深又浓的黑暗，要继续往前走需要勇气。我唤醒初中时的记忆，不敢帮助被欺负的同学，决定旁观出了一个穿着高中制服的女孩趁暗攻击犯人,救了她。

她泪湿的脸颊上沾了泥。我帮她擦掉,安慰她的时候,几名警察带着手电筒朝我们走过来。应该是收到春日部沙也加的通知而来。

解释起来很麻烦,于是我再度抹消我的存在,离开那里。我没看完整件事就离开了公园,因为我想早一刻打电话听听春日部沙也加的声音。

5

"好,时间到。"

老师看表后宣布。教室里紧绷的空气顿时放松,到处都发出带着遗憾的声音。因为题目很多,很多同学无法在时间内全数答完。我吐一口气,伸伸懒腰。第二学期的期末考考完了。

最后一排的同学收了考卷拿去给老师。一回神,我的考卷没被收走,被跳过去了。当然,同学不是故意的,因为即使是在常态,我的存在感还是太过薄弱。

老师在讲桌上整理好考卷就要离开教室。我追上去。

"老师!老师!老师请等一下!我的考卷还在这里!老师!"

结果我叫了好几次,老师总算注意到我。我把考卷交给露出"这班有这个学生?"表情的老师。

短暂下课时间后,全校学生在体育馆集合,举行第二学期最后一次全校集会。校长走上讲台,提醒大家寒假的注意事项。然后,不能不提学生犯下的丑闻。尽管难以启齿,校长还是叮咛大家绝对不可以再惹出那种事。

所谓的丑闻,当然是上条学长与篮球社鲇川这两个人,结伙性侵女性并以现行犯逮捕这件事。因为未成年,报纸上没刊出姓名,但不用说,这件事当然轰动全校。鲇川这个人就算了,但上条学长在校内是颇受好评的学生,造成的冲击格外巨大。

圣诞节一过,街上就充满年味。在某个大晴天,我搭公交车去看春日部沙也加,这是我第一次去她家。我边走边看事前问好、抄好怎么走的纸条。从公车站起,一路上和放风筝的、遛狗的人擦身而过。风很冷,但天空清澈湛蓝,好舒服。

我大概一个月没看到春日部沙也加了。从电话和短信的联系中,我感觉得出她的情绪非常平静,但她还是很怕外出,都关在房里。

"我不想念了。"

她前天晚上在电话里这么说。我挽留她,说暂时休学,等到可以外出再复学不就好了吗,但她心意已决。学校里没有人不知道性侵案。只要上学,就会有人以好奇的眼光看她。她在意这个。

我要去的地址是一个公寓小区。棱角分明的白色公寓模样在蓝天下格外突出。我爬上楼梯走在三楼的通道，来到纸条所写的门牌号码前。门前挂着"春日部"的门牌。按了门铃，有人回应，金属门打开，穿着运动服的她从门缝里露出了脸。

"好久不见，我来了。"我说道。但她歪着头，有点害怕的视线四处游移。

"咦？有人吗？"

她的视线从我身上扫过。她好像看不见我了。一段时间不见，她就和别人一样，看不见我了吗？正当我开始不安，她定定地注视我的眼睛。

"我就是想说说看。"

"……我还是回去好了。"

"开玩笑的啦，伊织。好久不见，谢谢你来。"

就像在学校屋顶聚在一起的那时候，我们都笑了。这让我松了一口气。

"你是不是瘦了？听你说一直窝在房间里，还以为你会变胖。"

"我在注意。我有请妈妈买蛋糕回来哦，一起吃吧！"

"蛋糕？"

"嗯，像宝石一样漂亮的蛋糕。"

"真是好人家的孩子。"

"对,我就是好人家的孩子。"

我们在门口对望。公寓大楼的通道上有一整排金属门,另一边则是扶手。有开门声,一个阿姨从第三户外的房门出来。她从通道上走过来,我闪开免得撞到她。

阿姨一脸讶异地向春日部沙也加点点头,走过去。大概看不到我,只看到开了门站在那里的春日部沙也加吧。在通路尽头,阿姨又再次回头朝这边看一眼,才下了楼梯。

春日部沙也加叹了一口气,对我说:

"来,进来进来。一直伫在这里,别人可能会以为我因为那件事脑袋坏掉了。自己一个人站在门口傻笑的茧居族,人家会怎么想?"

她拉着我走进屋里。门在背后发出关上的声音。

"瘀青呢?"

我在有点昏暗的玄关问。

"都退了。"

"太好了……"

我不禁紧紧抱住她。春日部沙也加好像有点吃惊,但没有把我推开。

"你也太夸张了。"

她有些不好意思地说,摸摸我的头。

早上醒来，望见一片蓝天的时候，我有时候会打开房间的窗户，闭上眼睛。心想我会不会就这样化在风中被吸进天空。我会喜欢上什么人吗？还真有点难以想象我曾经这么想过，但我错了。

过着高中生活，我明白了爱是什么。除了她，没有人会对我说"一起吃蛋糕吧"这种话。要是我对她说一些肉麻的话，她会不会觉得恶心？我觉得这样很好，因为，扩散在空气中的我的身体，在感觉到她体温的这一瞬间，会找回比平常更明确的轮廓。

爱情十字路

恋する交差点

我和他是在东京的行人专用时相十字路口*认识的。

当信号灯一变,所有人迈开脚步在大马路中央交错。双眼所见净是人头和背影,每一手肘、每一手提包都互相撞击。当时还不习惯走在人群中的我,被行人所形成的巨浪吞没。等我回过神,我手上的包和一个年纪差不多的男人的包钩在一起。我不断道歉想把包扯开,但两个包却诡异地纠缠在一起。

我和他的包的提手像锁链般形成一个"8"字形。这种事情平常是不可能发生的。必须将提手弄断,穿过另一个包的提手,再重新接合,否则无法形成这种状态。

依照他的推论,是包与包撞击的时候产生了量子隧穿效应,提手的分子彼此穿透了。这个现象宇宙重生一千次也未必见得会发生,但科学上认为是可能的。我完全听不懂。我们带着串在一起的两个包到附近找到店家买了一把剪刀。他剪断了自己包的提手,让两个包分别独立。

包分开了,换成我们在一起了。

---

* 行人专用时相是一种为了保护行人的安全,在交叉路口(且为号志化路口)设置的行人穿越号志系统。号志会使所有的车辆暂停,让行人能够在这段时间内以各种方向穿越路口(可以任何方向穿越)。——译者注

我们变得很亲密,我相信也许这就是爱。

我出生以来就一直住在乡下。在那里,时间过得很悠闲,每天就是吃完午饭窝在暖桌啃仙贝,然后就差不多要吃晚饭了。高中毕业后,我过着让爸妈养的废柴生活,结果他们逼我相亲,于是我就逃到东京上专门学校。心里也抱着期待,想说东京人那么多,也许转角就会遇上爱。

但我在东京没有朋友,虽然一个人生活,日子却越过越空虚。还曾经被数位踩着舞步发面巾纸的人,上下前后左右全方位递出面巾纸而不知如何是好。而我便是在所有的口袋都塞满面巾纸的状态下,在十字路口遇见被手提包钩住的他。

我们的交往很顺利,彼此也开始意识到迟早会结婚,实际上却跨不出那一步。这是有原因的,每次我们手牵着手要走过十字路口,不知为何我们的手就是会分开。

人群一拥而上,然后退散。等车子过去,信号灯一变,又是一波人潮。每次我和他牵着手要过行人专用时相十字路,不知为何,我身上就是会发生隧穿效应。在人群推挤中,我明明牢牢握着他的手,但过完马路走到对街一看,我却抓着陌生人的手腕。我并没有松手,也没有滑脱。可是过完马路一看,我的手握着的不是年轻男孩的手腕,就是大叔的手腕。对方要不是一脸惊愕地看着我,就是涨红了脸。明明走到一半时牵的是他,却在不知不觉中分隔两地落了单。

东京人太多了。所以会发生隧穿效应。可是，这真的是科学现象吗？难道不是反映了自己的心？是不是因为我对爱没有绝对的信心，才会在人群拥挤中不知不觉牵起了别的男人的手？不知何时起我开始这么想，导致我迟疑着不敢迈向结婚。

和他一起外出的时候，我也开始避免经过行人专用时相十字路口了。一再被人群冲散，让我对我们能否维持婚姻生活产生了疑问。就在这个时候，乡下的父母又说我差不多该回乡下了。我想和他谈谈这件事，碰面的时间地点是他决定的。

连假的最后一天，在涩谷。

那天一去，人潮果然如预期般惊人。行人走路的振动，甚至让四周大楼的窗户都微微颤动。一见面，他便一脸紧张地紧握我的手，走向车站前的行人专用时相十字路口。我跟着他走。放眼望去都是人，完全看不到地面。走在这样的人群中，我一定又会在不知不觉间握住别人的手。可是他刻意选择了假日的涩谷，选择了全日本行人最密集的涩谷行人专用时相十字路口。我们向大都会的十字路口发起挑战，非赢不可。

信号灯变了，人们不约而同地向前走。我们牢牢握紧彼此的手，迈出脚步。眼前是密密麻麻的人头和背影。住在东京的人们，他们从前后左右推挤过来。

碰!

错身而过的男人的肩膀撞上来。身后有人叫我的名字,是他的声音。一回头,我从行人交错的缝隙中看到他的脸。不知何时我牵起了一个陌生上班族的手。我赶紧松手,拨开人潮向他走去。彼此从人群的缝隙中伸出手,勉强互握。

叩!

一个看似玩乐团的人所带的吉他敲到我的头。我痛得闭上眼睛的那一瞬间,才刚牵到手的他不见了。我牵着一个素不相识的高中男生,对方一脸错愕。我放开手,寻找他的身影。我叫了他的名字,人潮的另一端有了回应。

"我在这里!"

"哪里?"

"后面!"

他的脸就在人群之后。我拼命把手伸到最长,中指指尖好不容易钩住了他的指尖。

咚!

我钩住一个中年大叔的手指。不是你啦!我甩开大叔的手指。人群遮住了他的身影,我跟丢了。我的身体在人潮的推挤下,宛如被狂风破浪玩弄的一根漂流木。他呼喊我的名字的声音越来越远。

我在人潮中逆流而行。

一双手又挥,又拨,又推。我闪过西装男子,卖力跃过婴儿车。跌、撞、压、挤,我全身上下在人群之中受了伤。可是,我不能在这里放弃。就算跟丢了,我们也能找到彼此、牵起彼此的手才对。必须证明这件事,证明我们就是做得到,证明我们可以牵手千千万万次,证明我们绝对不会让对方落单。

　　我终于在人群的缝隙中看见他了。

　　他也在人潮中逆流奋斗。彼此伸长了手,终于,碰到指尖。眼泪莫名上涌,食指互相钩住,将对方拉近,握住了彼此的手。我们身旁就是十字路口的对面,于是我们就这样握着手过了马路。满头乱发,浑身擦伤,但是,我们一起走过十字路口了。我们证明了,往后,无论我们分散多少次,也一定能够找到彼此,伸出手,一同度过。所以,没问题的,我们不会有问题的。第二天,我们就回乡下把他介绍给父母。

缩小灯大冒险

スモールライト・アドベンチャー

1

漏尿了，不是我，是我们家的狗来福。

来福是一只白色鬈毛的小型犬，有点胆小。我放学回家，把书包朝房间一丢，马上就带来福去散步，可是绑在邻居家的杜宾狗一叫，来福就发抖，漏尿了。

"不能怪你啊。你和刚才那只狗比，只有小狗狗那么大嘛。"我安慰垂头丧气的来福。

回到家，家里收到一个有点特别的包裹。妈妈在厨房一脸为难。

"刚才快递送来的，可是我不记得我们有买东西呀。"

找不到单据。打开一看，里面是一支手电筒，黄绿色和蓝色的配色，整体的形状圆圆的。轻轻转一下就打开，出现了装电池的地方，看起来要用两个二号电池。

"会不会是送错了？"

"收下不就好了吗。"

"那怎么行，要还给人家。"

来福开始在包裹的盒子旁乱闻，翻出了一小张纸，是使用说明书。上面印着"缩小灯"，大概是商品的名字。好像在哪里听过……

"等爸爸回来,再请他处理吧。现在得先准备晚饭才行。"

妈妈操作微波炉解冻冷冻的肉。我为了喝茶,打开热水壶的电源。突然间,天花板的灯熄了,房间伸手不见五指,停电了,用电量太大就会跳电变成这样。黑暗中,听到来福发出害怕的低鸣。

"手电筒不知道放到哪里去了?"

"我有一个好主意。"

手电筒这里不就有一只吗。我摸索着从架上拿出二号电池,把电池装进包裹里的那支手电筒,打开开关。一道光束射出来,照亮了厨房的椅子。很好,会亮。我拿着手电筒往室内照,热水壶、餐桌、微波炉、妈妈。妈妈因为光很刺眼而皱起眉头,紧接着,不可思议的现象就发生了。

"妈妈,你在哪里?"

我大声喊道,因为妈妈突然不见了。不光是妈妈,椅子、热水壶、餐桌、微波炉也都不见了。厨房不知何时空荡荡的。我拿着手电筒在家里到处照,寻找妈妈。可是,第一件事应该是要解决黑暗的问题。

我们家的配电箱设在浴室更衣处靠近天花板的墙上。我爬到洗衣机上,伸手扳断路器,打开之后电应该就会来了。爸爸说很危险,不准我碰配电箱,可是现在是紧急状况,爸爸应该会原谅我吧。

我伸手打开断路器的开关。走廊尽头有光照进，应该是厨房的灯亮了。这时候，我滑了一下，从被我拿来垫脚的洗衣机上摔下来。

我一屁股重重摔在地上。手电筒脱手而落，在地板上打转，正好在朝着我打光的角度停下来。我被光照到，视野瞬间变成全白。然后我才发现妈妈突然不见、椅子和餐桌消失，这全都是"缩小灯"害的。妈妈应该一直都在厨房。只是因为脚边太暗，我没看到而已。

来福发出不安的声音，歪着头看我。

它注视我的那双眼睛，在很高很高的位置。一条巨犬几乎是从正上方俯视着我。我因为脑袋一片混乱而不敢动弹。来福的鼻子朝我凑来，整个视野被黑色的鼻尖填满，我还以为会被压扁。噗啾！来福打了一个喷嚏，带着水气的一阵狂风迎面而来，把我整个人往后吹。

并不是来福变大了，大小出现变化的是我。那支手电筒发出来的光，是会缩小物体的光。

2

身高变得只有十厘米左右的妈妈努力爬上厨房的瓦斯炉，

正在做晚饭。双手抓紧巨大的汤勺，搅动奶油炖肉，又拿罐头垫脚，查看锅里的状况。

"千万不要掉进去哦！"

我背着盐罐，搬给妈妈时说。都已经处在这种状况了，妈妈还是要准备晚饭。妈妈要我帮忙把马铃薯和洋葱搬到巨大的砧板上削皮，奋力扛着菜刀切成块。两人合力，但还是工程浩大。我还差点被滚过来的马铃薯压成重伤。

"我们怎么会变成这样呀？"

"一定是'缩小灯'的关系。妈，我出去一下喔。"

帮忙做菜告一段落，一闲下来，好奇心就突然抬头。我实在不能再乖乖待在家里。我把果汁机的电线垂到地板，沿着线爬下。

"你要去哪里？"

妈妈从犹如悬崖的料理台上探出头来。

"我要好好享受变小的身体！"

一吹口哨，来福便指甲刮着地跑过来。它在我眼前紧急刹车，造成的风压吹得我东倒西歪。

"来福，载我一下，我想去一个地方。"

刚知道自己身体被缩小的时候头脑很混乱，但仔细想想，这样不是正好吗。我想到班上叫春风刊的同学。

春风刊是第二学期初转学来的女生。她是美少女，总一副高傲冷漠的样子，班上男生一大半都对她一见钟情。可是我从来没跟刊说过话，不知道该怎么跟她说话才好。于是，包括我在内的一群班上男同学就开始乱来。对我们来说，掀裙子是与女生沟通的一环，即使受到女同学的白眼，我们还是勇敢地向刊的裙子发起挑战。但她的运动神经和反射神经远远超过小学生水平。不但轻巧躲过我们的攻击，还反过来把我们绊倒。我们一个个跌得四脚朝天，而她则以轻蔑的眼光俯视我们。

但以我现在这么小的身体悄悄接近她，要看她的裙底风光应该易如反掌。只要接近的时候小心不要被踩到就好。既然是男子汉，当然要勇往直前。我抓住来福的白色鬃毛，爬到它的背上。

"出发！冒险！先到玄关！"

来福的爪子"卡掐卡掐"地开跑。为了开门，我要来福用后腿站立，我在它的鼻子上踮起脚尖，转开门锁。然后跳到门把上，整个人挂在上面，靠这股力道转动门把。

"来福！就是现在！推门！"

我看清楚门开了一道缝，就跳到来福背上。因为没合脚的鞋子，我就光脚出门了。

外面吹着舒适宜人的晚风。来福跑过路灯点点的住宅区。我抓紧它的白色鬃毛，免得被甩下去。来福钻过护栏底下，经过停在路面车与车之间。一溜烟穿过施工工地的栏杆，钻过空地上的下水道陶管。邮筒也好，招牌也好，就连杂草也是，全都变得好巨大，好好玩。

"就是这里！"

春风刊的家位于高级住宅区。她爸爸听说是骨川集团旗下公司的董事。换句话说，她是有钱人家的千金小姐。我骑在来福背上仰望气派的和风大门。

好啦，接下来该怎么办？要偷看刊的裙底风光，是不是只能偷偷进去，找到她的房间，躲在床脚下还是哪里呢？可这样算不算是非法入侵民宅？

我想到一个好主意：把刊叫出来。抬头看向门柱，有门铃，而且是有对讲机可以和室内通话的那种。

门柱旁有一棵垂柳，长长的树枝垂到地面。我攀住垂柳的树枝，像泰山*似的一枝换过一枝，最后跳到门铃上。我双手挂在上面，用脚底按了门铃。

"喂，请问是哪位？"

对讲机里传来女性的声音。听起来不是刊。她的妈妈吗？我对麦克风说话。我没报名字，就说是同学。

"有讲义要给刊同学，请问她在家吗？"

---

* 泰山是迪士尼动画电影《泰山》中的主人公，在非洲原始森林长大。——译者注

"小姐去补习还没有回来。我替她收下吧？"看样子刊不在。我觉得有点可惜。

一吹口哨，来福就跑到我正下方。我往门铃一踢，跳过去攀住垂柳枝，滑也似的降落在来福背上。过一会儿门旁边的小门开了，一个看似帮佣的女性走出来。外面一个人都没有，她歪着头觉得奇怪。离门不远处停着一辆白色的休旅车，我和来福就躲在后面。女佣过一会儿就回到屋里了。

"我们就在这里等刊回来吧。"

来福呜了一声。来都来了，无论如何都要偷看一下。我靠在休旅车的轮胎上仰望夜空。高挂的白色月亮，让我想起那张冷傲美丽的脸蛋。绊倒我、投射在我身上的轻蔑眼光又复苏了。我喜欢她吗？我还不太了解自己的感情。看了她的裙底风光，然后呢？只是要以胜利姿势到处宣扬看过了吗？我是想看她低头害羞吗？还是想看她生气的脸？

我摇摇头。决定不再举棋不定，东想西想。我就是要看。就这样。

有车子的声音传来，四周被车灯照亮了。一辆高级房车驶近了住宅区的巷子。春风刊上下学和补习都有车子接送，现在出现的就是那时候看过的车子。

"来福，刊就在那辆车上。要看好她下车的时候哦。"

我爬上白毛杂乱丛生的背。但这时事情发生了意想不到的变化。

休旅车的门突然就在我们旁边打开。一个高高瘦瘦的老爷爷一下车,就蹒跚地走过来,摇摇晃晃地倒在刊家门前,身体很不舒服的样子。刊坐的高级房车在老爷爷面前停下来,司机很担心地下了车。

"您还好吗?"

司机过去问的时候,老爷爷忽然一骨碌爬起来,拿了一个东西按在司机的脖子上。啪喊一声,司机身体一软就倒下了。是高压电流的电击棒,我在电视剧里看过。

那个人丢下司机不管,朝高级房车的后座走去。身手很灵活,看起来只是打扮成老爷爷而已。一开车门,刊就在那里。平常冷傲的脸,这时候也僵了。

"你是谁?"

他抓住不愿服从的刊的手臂,用力把她从后座拉出来。刊抵抗着,但毕竟敌不过大人的力气。刊被带上休旅车。驾驶座上还有一人,看样子在等待他们。刊一被推上车,引擎就同时轰轰作响,车子开动了,撇下没人的高级房车、倒在地上的司机和我们。我傻了,只知道愣在那里看,但很快就振作精神大喊:

"来福!我们追!"

汪!来福叫了一声,一身杂乱白毛的身体向前冲去。

3

　　这是绑架。我紧抓着在夜里疾驰的来福心里这么想。要报警才行。不，要先查出休旅车的去向。可是一来到直线道路上，来福就追不上了。距离被拉开，就快看不到车身。他们被红灯拦下的时候，又可以缩短距离。我们穿过违停的脚踏车，从等红绿灯的车子大灯前横越而过。经过车站前行人很多的地方。来福从行人的脚之间钻过，行人因为有狗突然出现被吓得大叫。不知道有没有人发现有个人骑在狗背上？

　　跟丢休旅车，来福的鼻子贴近路面寻找他们的行踪。它朝着海的方向叫，我决定相信它。沿海有一块地盖了很多仓库。那里没有行人，路上也很少有车辆通行。

　　漆黑的海面上，映着远处工厂地区的灯光。休旅车就停在某座仓库前。车里没有人，但一摸车身，是温热的。

　　"来福，要是你会说话，我就叫你找公共电话报警了。你在这里等。我一个人到仓库里面看看。"

　　我想确认刊的状况。我从来福背上下来，走向仓库。货物的出入口是关上的，但小门敞开，里面透出灯光。

　　我走进仓库。对现在的我来说，空间简直巨大得像宇宙。天花板在好高好高的位置，上面挂着好几盏灯。里面堆了好多金属制的货柜，水泥地面上积了许多尘沙，赤脚走在上面刺刺的。

我留下一点一点的脚印，但因为太小了，应该不至于会被发现。我沿着货柜走，在转角的地方出现一具化成白骨的老鼠尸体，吓了我一跳。这时候，我听到两个男人的对话。

"终于安分下来了。"

"大概是药力生效了。哎哟喂，喂她吃药累死我了。你看看，被她咬成这样。"

我躲在货柜的暗处观察状况。在纷杂的货物之间有一张沙发，刊就躺在上面，像睡着了。

两名男子俯视刊的睡脸，一个高高瘦瘦，另一个是胖子。打扮成老人的，应该是高高瘦瘦的那个，他身上还留着些许扮装的痕迹。

"长得还真美。"

胖子的手指抵在刊的脸颊上滑动，他好色的表情让我很生气。

他们把那个区块布置成客餐厅。沙发旁有观叶植物，连冰箱、厨房吧台都有。这里一定就是绑架犯的巢穴。这对绑架犯聚在餐桌的电话前。我趁这个空当跑向沙发。刊的手从软垫上垂下来，我双手抓住她的指尖，用力摇。

"醒来！"

我大喊。绑架犯的对话立刻停顿。感觉他们在回头看，我赶紧找地方躲。一块灰色的布从沙发上垂下，是刊的裙摆，我躲到那后面，观察状况。

"刚才是不是有人在讲话？"

"没有吧？应该是听错了。别管那些了，大哥，时间差不多了……"

"好，我知道。"

瘦子拿起听筒，开始讲电话：

"喂，春风家吧？不知道司机醒了没？醒了，那你们就应该知道是怎么回事了吧。可别妄想打电话报警哦。准备好我说的金额，否则，你就再也见不到你女儿了。"

绑架犯提出的金额是一笔天文数字。瘦子说明如何交付赎款时，胖子坐立难安地走来走去。我依旧躲在触感很好的灰布里观察他们。

胖子擦汗，从口袋里取出手帕。这时，有东西一起被掏出来掉在脚边。他们两个的心思全都在电话上，没注意到。我睁大眼睛仔细看，知道那是什么。我猜，一定是那个没错。

好了，这下该怎么办？应该离开仓库找公共电话报警吗？可是，要是附近没有公共电话呢？要是警察太晚赶到呢？我想起刚才胖子摸扪脸颊的样子。不能再磨蹭下去了，我必须现在就设法撂倒这两个绑架犯。

我先确定他们都在专心讲电话，然后冲出去，接着绕到观叶植物的盆栽那里，在家具底下移动，路上设有捕鼠器，我差点误触机关，但还是靠近了绑架犯脚边。

"要听她说话？没办法。我用药把她迷昏了。那就麻烦你们啦！"咔锵一声，瘦子挂了电话。

"我们提前庆祝吧！我饿了。"

他们两人朝冰箱和厨房吧台的方向移动。我从家具的缝隙里跑出来，钻过胖子脚底，捡回他口袋掉落的东西。东西很大，我必须张开双手才抱得起来，可是重量并不重。

那是白色的药丸，透明塑料制的一大片，上面是一排排的凸起，每一个凸起里面是一颗药丸。里面已经少了几颗，大概是给刊吃了吧。这八成是安眠药。只要利用这个，就算身体小小的我，还是有可能把刊救出来的。

4

那两个人从冰箱里拿出啤酒、干酪、杏仁摆在桌上时，我在家具的缝隙里做好准备。

我用捡来的铁丝撬开药丸上的银纸，取出白色药丸，塞进左右两边的口袋。被缩小的长裤口袋，装一颗就满了，所以我把其他的放进衬衫内侧。

胖子用锅烧水开始做意大利面，瘦子在两个玻璃杯里倒啤酒。

"别喝得太醉,我们还要去收钱。"

"等我们发了大财,再好好喝一场来庆祝。"

我抬头看,一条黑色的电线从桌上的电话机垂到地板,是电话线。我拉着那条线爬上去。对被缩小的我来说,这等于垂直爬上大楼屋顶。还好体重也变轻了,所以我总算没有中途放弃。半路上滴下来的汗水,落到好远的地面。

我的手攀住桌子边缘,一爬上去就躲在电话机后面。啤酒瓶、玻璃杯、酸黄瓜罐排排站,简直就像一座座高楼。对现在的我来说,个个都是庞然大物。我躲在这些东西后伺机而动。

绑架犯们走过来,他们的影子整个盖住我的藏身处。他们拿起啤酒干杯。才喝一口,胖子就去做意大利面,瘦子走向餐具柜。他们放下喝了一口的玻璃杯。

就是现在!我跳过盛在盘上的干酪山,往玻璃杯前进。我把身上所有的药丸全部丢进两个杯里,啤酒就咻咻起泡。药丸不会马上溶解,但被泡泡挡住看不见,这样就没问题了。快离开餐桌吧,我抓着电话线一路滑到地板上,但是,就在这时……

"大哥,麻烦腾出位子放意大利面。"

"没问题。"

瘦子走近餐桌,拿起电话机,移到地上。我赶紧躲到酸黄瓜罐后面藏身,同时不知道该怎么办。因为我失去从餐桌上脱身的方法。

绑架犯用唱片播放音乐,又是跳舞,又是吃干酪的。每次他们靠近餐桌,我都要躲到酸黄瓜罐或啤酒瓶后面,努力不被他们发现。一次甚至躲在卷起来的生火腿里面。不久,胖子把意大利面做好了,盛盘后端上餐桌。两人大口猛喝啤酒,把杯子里的酒都喝光了。那些药究竟会有多少药效呢?

"应该还可以再来一杯。"

瘦子从冰箱里拿来一瓶啤酒。我看到胖子走向沙发。一想到他那张好色的脸,我就起鸡皮疙瘩。一回神,我已经跑到餐桌边缘。

"不准靠近刊!"

我大喊,然后才发现糟了,赶紧闭嘴。

胖子停下脚步环顾四周。虽然我匆匆躲起来,但瘦子已经发现了我,正在揉眼睛。

"奇怪了。我明明没喝多少,怎么好像醉了。"

胖子也发现我了,一脸惊讶。

"有小人!小人!"

既然被发现就没辙了。我打起精神,把嗓门扯到最大喊道:

"你们这些可恶的绑架犯!快放了刊!不然我要报警!我已经记住你们的长相了!你们逃不掉的!"

一开始他们又惊又怕,远远地观察我。但听了我说的话,脸色就变了。大概是判断不能放我走,否则会有危险。

"先、先抓住再说！"

"嘿！"

他们靠过来要抓我。

我在餐桌上四处逃窜，他们四只手乱丢盘子追赶我。我被手心前后夹击，往旁边一跳，瘦子和胖子就撞在一起跌倒了。我跳过倒下的啤酒瓶，把果干推倒，忽左忽右地逃跑，戏弄他们。

但我要跑过干酪的时候，奶油干酪出奇的软，我光脚陷在里面抽不出来。走投无路，我跳进旁边的意大利面，却因为太烫差点烫伤。胖子拿叉子卷面，我匆匆逃出来时，被刚才装过啤酒的玻璃杯罩住了。我跑不掉了。

"你是什么东西？"

瘦子把脸凑近玻璃杯。比现在的我巨大太多的脸占据所有视野。我抬头看着他大叫：

"我是刊的同班同学！"

"凭你这么一点点？"

瘦子小心翼翼地不让我逃走，拿起玻璃杯，手指捏住我的衣领把我拎起来。

"放开我！"

我双脚在半空中乱踢。

不知何时，他们的脚步开始跟跄了。药生效了吗？瘦子拎着我，走向瓦斯炉。炉子上还有满满一锅刚煮过意大利面的热水。

他点了火，要把水煮开。看来打算要把我扔进去。见到我着急，胖子高声笑了。我不断大声喊："刊！快醒来！快逃！刊！起来！"锅子里的热水滚了，就在我要被丢进锅里的那一刹那，我心想已经没救了。但在这时，瘦子突然哀叫起来。一只鬈毛的白色小型犬咬住了他的腿。

大概听到我的声音，来福从外面冲进来。来福勇敢地扑上来，用身体撞向胖子，胖子的手臂撞到锅子，热水泼了出来。来福怕热水而退开。两个绑架犯看清来福是不足为惧的小型犬，转守为攻。在两个人的威吓下，来福大声吠叫，但丝毫没要逃跑。它对着比自己大上好几倍的绑架犯狂吠不止。即使被踢得满身是伤，还是不断重新站起勇往直前。

"这个畜生！"

瘦子抓起我扔向来福。但我的身体从来福头顶上飞过，被丢得好远。着地的地方是躺在沙发上的刊的屁股，我被软软地弹开。

最后，他们因为药效而东倒西歪，敌不过来福的气势，被逼到货物乱堆的那一区，双腿打结跌倒。货物倒下来，在尘土飞扬中，哗啦啦地砸在他们身上。尘埃落定后，绑架犯的四只脚从小山般的货物底下露出，而遍体鳞伤的来福则一脸骄傲地站在那座小山前。

5

我骑着来福回到家,爸爸和妈妈出来迎接我。厨房的家具和妈妈的身高都复原了。原来是下班回家的爸爸看了"缩小灯"的说明书,找出复原的方法。上面有一个发出解除光线的按钮,照了那种光,就能恢复原来大小。我立刻照了解除光线,治疗来福的伤时,听到外面传来警车来来去去的声音。

"出了什么事吗?"妈妈觉得奇怪。

听那声音,全市的警车铁定都开到仓库那里了。我心里这么想,但什么都没说。我把犯人绑起来让他们不能动弹。靠那小小的身体要绑住大人实在不容易,但我像《格列佛游记》里的小人绑住格列佛那样,把他们绑了起来。我本来想一直待到亲眼见到警察救出刊,但怕回家太晚,爸爸妈妈会担心,所以打公共电话报完警就回家了。当然,刊当天晚上就受到警方保护,绑架犯也被逮捕了。这就是整件事情的经过。

那个手电筒,第二天快递员就来家里收回去了。两个犯人胡说什么看到小人之类的话,当然没人会相信。而自从经历过这件大事,来福散步时被杜宾狗吠了也不再漏尿了。虽然还是有点怕,但现在已经可以昂着头,笔直地从那家伙面前走过。

如果说还有其他变化,那就是跟我和刊有关。有一天我正带着来福散步,一辆眼熟的车停在我面前,刊从后座下车。仍

旧一脸冷傲的她问我:

"你知道发生过绑架案吧?我被喂药昏睡的时候,好像听到了你的声音。那时候叫我的是你吗?帮忙报警的,是不是就是你?"

我当然装死,完全不承认。

因为,如果要解释真正发生的事,就得招认我是为了掀她的裙子才跑到她家去的啊!

控火人汤川小姐

ファイアスターター湯川さん

1

严防火灾！
出门请记得关暖炉！
管理员留

我把警语贴在住户显而易见之处。

我讨厌冬天，空气干燥，一点火星也会立刻燃烧酿成火灾。像我们这种老旧的木造公寓会转眼化为灰烬。所以一到这个时节，我都会贴这样的标语。

叔叔在六花庄的这幢公寓，位于错综复杂的住宅区。两层楼的木造结构，外墙破破烂烂，对外的铁制楼梯布满铁锈。几年前，叔叔可怜我这个无家可归的高中生，让我住在这里。叔叔说不必付房租，但精打细算的婶婶反对。结果，我成了住在这里的管理员。我领管理员的薪水，然后用部分薪水付房租。

我考上可以从六花庄走读的大学，靠着奖学金上学。上完一天的课，同学有时候会相约去玩。

"等一下要不要去唱歌？也有女生会来哦。"

"抱歉，房子漏水，我今天得回去修。"

六花庄实在太过老旧，问题丛生。漏水、管线阻塞是家常便饭，要是每次都找专业的人来维修，钱再多都不够，所以由我出面直接解决问题。我因此而婉拒的聚会邀请数都数不过来。临时不能和朋友打保龄球，临时不能烤肉，临时不能去聚餐……结果也没机会认识女生，朋友之间只有我没交到女朋友。眼看着大学同学打情骂俏卿卿我我，而我只能回去修六花庄不通的马桶。渐渐地，朋友就不约我了。

但我并不讨厌这份工作。对不知正常家庭为何物的我而言，六花庄住户的温暖无可取代。

"管理员，我做太多卤菜了，你拿一点回去。"

独居于一〇二号的立花太太常常送我卤菜。

"喏，给你。谢谢你帮我们换日光灯。"

二〇三号单亲家庭的小女孩名叫秋山香澄，她总会给我一颗汽水糖。

六花庄共六个房间，墙壁很薄，房间又小，但房租便宜得惊人。住在这里的都是低收入的人，其中也有人领政府的社会津贴。但这里没有坏人。我在群蜂围攻之中摘除屋檐下的蜂巢时，全体住户都会用拍手作为温情鼓励。而汤川小姐便是在初冬搬进我们这里的。

原本住二〇一号的中年女子来找我，说要搬走。她结过三次还是四次婚都以失败告终，后来以陪酒卖笑维生，但这次她就要结第四或第五次婚了。次月她搬走后房间便空了出来。这是夏天的事。

我立刻招租。拜托一向合作往来的房屋中介，但迟迟找不到新住户。尽管有好几个人受到低廉房租的吸引来看房，但这年头没人想住没冷气的公寓。二〇一号一空就是半年。

没人住就没房租收入，我这个管理员很可能被减薪。这时候，一名年轻女子跟着中介大叔来看房。

"敝姓汤川，请多指教。"

她战战兢兢地行了一礼。我对她的第一印象，大概是第一次一个人住的女大学生。她好像在看什么稀奇的东西，望着并排在一起的信箱和铁制楼梯。她身高和我差不多，脸蛋很漂亮。又直又顺的长发在日光下看起来是红褐色的，但像是天生而非后天染成的，最惊人的是她纯白如新雪的肌肤。我后来才知道，原来她外婆是俄罗斯人，她带有四分之一的外国血统。

我打开二〇一号的锁，带中介和她看房。二点二五坪的房间站三个人便显得好局促。

绝大多数看房的人一进屋，当场就会出现心凉一截的气氛，他们脸上会露出"这里怎么可能住人"的表情，但汤川小姐不同。

"真好。好可爱的房间。"

她嘴角露出笑容点头说,指尖在小小的料理台和单口瓦斯炉上轻轻抚过。

"这里可以住人呢。"

"那当然了。这里本来就是要让人住的。"中介大叔说。

气氛融洽,不禁使我心怀期待。她也许肯搬进来。但正当我想打开窗户的时候,窗户却卡住打不开。我用力弄得窗户咔嗒作响,扬起了灰尘。汤川小姐皱皱鼻子,打了一个喷嚏。

啪喊!有什么东西爆开的声音,然后出现一股焦味。我心头一惊,视线四处巡视。会不会是哪个房间发生火灾了?可是没看到类似征兆。我反而和伸手按住口鼻的汤川小姐四目相对。她的眼眸心虚似的转了一下,然后别开了。焦味很快就消散,我想是我太神经紧张了。

参观完,汤川小姐和中介大叔走了。那天傍晚我接到电话,得知她决定入住八花庄。她在中介办公室签的租屋合约送到八花庄的时候,我看了她在上面填的名字——汤川四季。

她小时候八成常被叫热水器*什么的,被别人拿名字来取笑。年龄二十五岁。保证人那一栏填了一个男性名字和住址电话,与租屋人的关系写"父",但姓氏并不是汤川。会不会是家庭

---

* 汤川四季的发音为 yukawasiki,与日文的热水器发音非常近似。——译者注

关系复杂？不过，应该没问题吧。既然中介都确认过并认为没问题了。

汤川小姐选好搬家的日子，我进行设备的最后检查，看看有没有漏水、管线有没有堵塞。这时候，我发现一件让我有点纳闷的事。二〇一号的榻榻米上有一个小黑点，大小和蚂蚁差不多。我凑过去看，榻榻米的表面看起来有一点点焦掉，这个焦痕本来就有吗？后来我知道那是汤川小姐弄出来的。

她看屋的时候打了喷嚏。一瞬间，这个焦痕同时诞生。说来奇怪，她身边就是会发生这类现象。就像冬天穿毛衣会产生静电一样，她一打喷嚏，榻榻米或墙上就会出现焦痕。一个绝对不能在空气干燥的季节住进易燃的木造老公寓的人物——汤川四季。以后我应该在租房合约上注明：谢绝 pyrokinesis。

Pyrokinesis 是超能力的一种，指可以凭空起火的能力。Pyro 是希腊文的"火"，kinesis 则是"动"的意思。最早使用这个词的是作家史蒂芬·金，他将小说《燃烧的凝视》的女主角少女设定为 pyrokinesis。但这种能力并不仅出现在故事里。例如一九六五年巴西的圣保罗、一九八三年意大利，以及一九八六年乌克兰的顿内茨克，都曾在没有火源的地方发生过火灾，这些火灾都只发生在特定的某个少年或少女所在之处，也有人认为是他们的 pyrokinesis 能力使他们在无意识之中产生了火。

汤川小姐搬家低调安静。她的东西就只有一个行李箱,也没要搬家具进来的样子,就这样结束了。她和每一间六花庄的住户都打了招呼,实在非常清纯生涩。

她搬进来不久,我在附近的超市买东西时,有人叫住了我。

"管理员。"

一回头,汤川小姐站在熟食区。泛红的长发从毛线帽底下垂落。

"你来得正好。这个,要怎么买?"

她指着超市贩卖的可乐饼。看来她不知道这里的卖法。这家超市采用的方式,是将熟食区的可乐饼放进专用的托盘,拿到柜台结账。我这样向她说明,她紧接着提出下一个问题:

"我想做咖喱。架上有好多咖喱块,我不知道该买哪一种。"

"哪一种都可以吧,我想每一种都差不多。"

"是这样吗?"

"你没做过咖喱吗?"

汤川小姐点点头,于是我就顺便帮忙她买东西。她有很多不食人间烟火的地方,还说这是她第一次一个人上超市买东西。

"平常都有女佣照顾我的生活起居。"

她在收银台拿出钱包的时候，我稍微瞧了一眼，里面装了大量的万元钞票。她到底是哪个有钱人家的千金呢？但那样的人为什么要一个人搬到六花庄来住？身为管理员的我其实不该这么说，但她大可住好一点的地方啊。

我们各自提着自己的购物袋，走在回六花庄的路上。天已经全黑了，路灯亮了。我们在路上的话题是关于邻近设施。我告诉她医院、邮局、派出所的地点。她特别想知道消防署的位置，从打电话到消防车赶到六花庄要几分钟啦、水车要从哪里拉水过来啦等，问得很详细。

一回到六花庄，我就看到在我住的一〇一号房间前有个人影。原来是住在一〇三号那对老夫妇中的先生正在按门铃。

"东先生，怎么了？"

"哎呀，管理员，你回来得正好。"

老先生松一口气。顺道介绍一下，东先生夫妇二人把人生全献给赛马和小钢珠。最近太太瘫痪了，由他照顾。

"问题来了，热水器没热水，好像坏了。"

我叹一口气，心想又来了。东先生说，他想让太太泡个澡，在浴缸里放热水，但流出来的都是冷水。

我决定看看一〇三号的热水器，随后打开门旁边的配电盘试着调整，请东先生进浴室看看有没有热水。但水依然是冷的。汤川小姐并没有回房间，而是站在铁制楼梯旁，很感兴趣地看着我的一举一动。浴室的小窗面向通道，只要打开窗户，就能边修理热水器边和浴室里的东先生说话。

"不行啊，管理员，还是冷的。"

"这就不是外行人解决得了的问题了。我找专业的师傅来吧。"

"给你添麻烦了……"

透过小窗，可以看见东先生身后是放满一整缸水的浴缸。浴缸很小，坐进去无法把脚伸直。我当场拿出手机请人来修理热水器。通完电话，我隔着小窗报告：

"明天就会来修。"

"那，今天就先放弃好了。"

"不好意思……"

东先生打开门走出来。提着购物袋的汤川小姐走过来，从一〇三号的小窗朝浴室看了一眼。然后她回头向东先生点头打招呼。

"啊，您好。我是汤川，刚搬到二〇一。"

"之前你才来打过招呼嘛。"东先生露出慈祥的笑容，"像你这样年轻的女孩，怎么会搬到这种破烂公寓呢？是不是躲债什么的？"

"东先生……"

我冲老先生的头部侧面轻轻给了他一记空手道。汤川小姐苦笑着摇头。躲债的人钱包里怎么可能有那么多万元钞票。她离开浴室的小窗走向铁制楼梯。她住二〇一号的房间，也就是我的正上方。

"管理员，谢谢你陪我买东西。还有，东先生，浴缸里的水热了。"

汤川小姐留下这句莫名其妙的话上了楼。我和东先生都很纳闷。这时候，我发现小窗冒出水蒸气。往里面一看，水蒸气的来源是浴缸里的冷水。不，那已经不是冷水了。东先生走进浴室伸手试探浴缸。"好烫！"他叫着赶紧把手抽出。明明没有重新加热功能，但冷水不知何时变成热水了。

汤川小姐搬进来约两周后，冬天开始真正发威了。我穿得厚厚的，钻进暖桌，边听收音机播放的气象预报，边写学校要交的报告。风吹得窗户震动，寒气从窗缝里渗进来。有人按门铃，我应声开门，汤川小姐就站在门外。

"管理员，你现在有空吗？"

"怎么了？"

"有点事想请教一下。刚才，我从垃圾场捡了一台电视。"

"捡到电视？"

"我没什么机会碰电视，看到后就很高兴地搬回来了，可是不能看……是不是坏掉了啊……"

"很可能,既然本来是被丢掉的。请问一下,插头有插吧?"

"当然有!"

汤川小姐一脸受伤的样子。

"那,天线呢?"

"咦?"

"天线有接上吗?"

"我听不懂管理员在说什么。"

"那,我去看看好了。"

"麻烦你了!"

于是我就前往汤川小姐所住的二〇一号房间。一爬上铁制楼梯就是门。在她的邀请之下我走进来,但屋里几乎什么都没有。一人份的餐具、锅子、菜刀和砧板放在料理台旁。棉被铺盖之类的大概收在壁柜里,二点二五坪的房间显得好宽敞。

墙边摆着一台小型液晶电视。就一台从垃圾场捡回来的电视而言,还非常新。看来电源是接上的,但没有画面。我看了看电视机后侧,果然,没接天线。我先回自己房间,带了不用的缆线。

"这样就可以了。如果没坏的话,应该可以看。"

我把线接好,打开电源。液晶画面出现影像,是洗洁精的广告。

"电视!"汤川小姐开心地说。

"你是昭和年代来的吗?"我边心想着边转了台。她连遥控器也一起捡回来,所以操作上也没有问题。汤川小姐端正跪坐着,一本正经地看我操控遥控器。

"你家里没有电视吗?"

"有呀。可是这是我第一次有自己的电视。"

汤川小姐泡了杯速溶咖啡,说是要谢谢我。她问我要不要加糖和奶精,我告诉她黑咖啡就好。一喝,热腾腾的咖啡差点把我烫伤。话说回来,还真奇怪,这房间里既没有茶壶,也没有电热水壶,唯一的锅子也像没动用过的样子,泡咖啡的热水到底是从哪里来的?热水器的水龙头会供应热水,也许倒进马克杯里的热水是从那里来的。可是热水器一开动应该就会有声音,而且也要一段时间水才会变热。算了,反正不重要。我们喝着咖啡闲聊。

"这个房间好暖和啊,明明又没有暖气。"

"是啊。可能因为二楼比较暖和吧。"

"你还在房里放了灭火器啊。是你买的吗?"

"是的。因为火灾很可怕。"

空荡荡的二点二五坪房间里,红色的灭火器格外醒目。设置灭火器并非义务。电视画面正播放新闻节目,从俄罗斯漂流到日本的渔船上发现了大量的枪械。我所居住的城镇位于日本北部,和俄罗斯这个国家相对较近。俄罗斯黑手党联合日本黑道利用港口走私枪械不是新鲜事。

正看着新闻时,外面传来女性的尖叫,还有乒乒乓乓的声响。我探头出去看是怎么回事,只见二〇三号的门是打开的。住户光着脚站在通道上。秋山家是母女俩一起住,而在场的是母亲美代子小姐。

"怎么了吗?"

"啊啊,管理员。"

她哭丧着脸看我,然后偏着头感到不解,

"你怎么会在那间?你和新搬来的女生在一起了?"

"才不是。倒是秋山小姐,你怎么了?"

"出来了。"她指着室内说。

"什么?难不成,是G吗?"

她一脸紧张地点头。所谓的G,是一种长有触须的可怕黑色生命体。连说出它的名字都很可怕,所以用罗马拼音的头一个字母作为代号。汤川小姐从我身后同样向通道探出头来。

"G是什么?"她向秋山小姐点了一下头问道。

"汤川小姐请待在房间里。"

我趿着鞋从铁制的二楼通道走到二〇三号往里看。料理台周边没有G的身影,看来是躲起来了。"……管理员,你会帮我处理吗?"秋山小姐紧紧抓住我的手臂,含泪说。

"包在我身上!"

这样说虽然不太好，但她长得十分漂亮。

"请问，管理员，G是什么？"

汤川小姐优哉地说着，边来到二〇三号前，从我身后往屋里看。换秋山小姐往后退。

"有杀虫剂吗？"

我问逃到铁制楼梯旁的秋山小姐。她摇头。

"我需要武器。可以用这里的杂志吗？"

门内放着一叠捆好的旧杂志。我得到"请用"的许可，便抽出一本较大的女性杂志卷起来，做一个深呼吸，决心勇闯敌营。我踏进二〇三号，在小小的硬泥地上脱了鞋，走进房间。二点二五坪的中心地带有一张小矮桌，上面放着剥了一半的橘子。小女孩的衣服叠好放在一边，应该是她女儿秋山香澄的吧。

"这个房间里会出现什么？"

汤川小姐在硬泥地上好奇地问，一副搞不清楚状况的样子。

"啊，G就是那个，人类的敌人。"

"好宏大的格局。人类的敌人为什么跑到六花庄来？"

"听说以前这个地方是没有的，为它们熬不过冬天。可是，因为现代化的关系，现在越来越多地方冬天也很温暖，所以终于连我们六花庄也……"

我拿好卷起来的杂志，视线四处扫射，寻找那家伙的身影，却找不到。汤川小姐似乎还不明白G是什么。没办法，我只好说出那个生命体的名称。

"就是蟑螂。"

"呃……蟑……"

看来就连不食人间烟火的汤川小姐也知道那是个什么样的生命体。只见她因震惊而结巴，她一定也很怕G吧，看脸色就知道了。就在这时候，我终于发现了蠢动的黑色色块。

那家伙就贴在墙上，就是站在硬泥地的汤川小姐身边的那道墙，频频挥舞着它的触须移动着。油油亮亮的可怕黑色生命体。看到我倒抽一口气的样子，汤川小姐也回头朝那东西看。她的脸距离G只有三十厘米左右。从她的角度看过去，一定就像G在鼻子前面吧。

下一瞬间，我的眼前出现了异样的情景。一开始汤川小姐发出一声短促的尖叫，紧接着，轰的一声，G的黑色翅膀交叠处冒出火光和烟。红色的火苗从爬在墙上的体内烧起来，化为一团火球，瞬间将翅膀和触须烧成灰，几根脚往下掉，但G还没掉到榻榻米上就结束了，因燃烧反应而化为几许烟尘。火并没烧到任何地方，因为在G延烧前就化成灰了。我张口结舌，呆站在那里。因对G的恐惧而坐倒的汤川小姐赫然惊觉般抬头看向我。

"还好吗？找到了吗？"

外面传来秋山小姐想了解情况的声音。

2

在日本这个国家的领土上，我居住的地区位于北方。

"这里根本没地方可以玩。"

来自都会的年轻人这么说。从大学到保龄球场、KTV 所在的闹区，开车需要半个钟头以上。在这片无论到哪里都需要车的土地上，拥有私家车的大学生是热门人物，上完课都会载大家出去玩。我也很想要车，但六花庄没有停车场，我也没钱买车。大学位于搭公交车就能到的范围内已是万幸。

离开大学搭上公交车，从车窗看得见荒凉的郊外景致。雪正落在枯草覆盖的荒地上。一下车，正好是一家个人经营的居酒屋，门前挂着红色的灯笼。掀开门帘走出来的老先生叫住我。

"呀，这不是管理员吗。"

是住在二〇二号的柳濑先生，他喝醉了酒，踩着歪歪斜斜的步伐朝我走来，但走到一半就踉跄坐倒。

"管理员，救救我。"

我认识他好几年了，但从来没看过他清醒的样子。我扶他起来，带他回六花庄。柳濑先生搭着我的肩边走边说：

"每年啊，一到冬天啊，我都会想，这个冬天呢，我可能会死。一个不小心啊，在路边睡着，就冻死了。"

可能因为牙齿几乎掉光，柳濑先生的声音含糊不清。我们到六花庄，爬上铁制楼梯。到了二〇二号，柳濑先生便以不稳的手开了门。

"到我房里喝一杯再走吧？怎么样，来吧？我根本还没喝够。"柳濑先生顶着一张泛红的脸，打了一个嗝。我傻眼。

"还喝不够吗？够了吧？"

但柳濑先生抓住我的手拉进屋里。我想，他一个人太寂寞。据说柳濑先生年轻时滴酒不沾，但自从一场车祸带走他的妻儿，他就整日与酒为伍。

在二〇二号陪他喝酒并不是第一次。二点二五坪的房间里到处都是空酒瓶。

"来，坐。不好意思房间很小啊。"

"房间很小是我该抱歉。"

设法腾出地方，我与柳濑先生相对而坐。我在他频频劝酒下喝了纸盒包装的日本酒，不久，就有种陶然微醺之感。柳濑先生用他破破烂烂的小烤箱为我做铝箔纸闷烤杏鲍菇。他虽然外表寒酸褴褛，内在却极有涵养。大学期间应该看的书和电影，都是他告诉我的。与醉得舌头不太灵光的柳濑先生闲谈中，我们谈到了酒。

"我弄到 Spirytus 了。"

"Spirytus？那是什么？"

"世界上酒精浓度最高的酒啊。"

只见他笑眯眯地拿出贴着外文标签的酒瓶，里面装着透明液体，那就是他口中的酒了。我接过来看了上面标注的酒精浓度，吓一跳。

"九十六度？这能喝吗？"

"这是波兰的伏特加，听说家家都有，拿来当消毒水。舔一下啊，那味道简直要把喉咙灼伤。你要不要喝喝看？"

我摇摇头把酒瓶还给他。柳濑先生打开瓶盖，倒了一点点在杯子里。

"听说这也能驱除害虫呢，淋在蟑螂上，蟑螂就会死。"

我忽然想起汤川小姐。

"柳濑先生，我想问一件比较奇怪的事，在没有任何东西的地方突然起火，这种事有可能的吗？"

我回想起漆黑油亮的生命体自体内冒出火苗，瞬间化成灰的样子。

"你担心有人纵火？"柳濑先生舔了舔 Spirytus。

"我是在说超自然现象。生物的身体会突然起火燃烧吗？"

"这种现象啊，以前就传出过很多次。"

"咦，是吗？"

"所谓的人体自燃现象。"

"人体自燃现象？"

"偶尔会发现这类被烧死的尸体。人在房间里啊,被烧得焦黑死掉,可是房间里没有火源,而且只有尸体四周被烧掉。就状况而言,只有人体自然起火这个可能。这类事件实际上存在。"

一九五一年七月一日,美国佛罗里达州圣彼得堡的公寓里,就发生过这样一起事件。死者玛丽·里瑟的儿子理查德·里瑟去母亲的公寓探望她,却发现她仅剩下一双穿着拖鞋的脚,其他部位都已经烧得焦黑。

一九八八年一月八日,英国南部的南安普敦,死者艾弗雷德·艾希顿剩下整个下半身被烧死了。周身没任何火源,室内温度很高。

这些案例都是柳濑先生告诉我的。因为醉意,我逐渐失去平衡感。房间的墙壁像在缓缓起伏。

"说到烧死的尸体,上次啊,我听说一件很有意思的事。"

柳濑先生又告诉我一件他在酒馆里听到的事。他一个当记者的酒友偷偷告诉他的。据说,去年发现了诡异的焚尸。

"听说很多腿部残肢是散落在港口的仓库里的,好几双哦。只留膝盖以下的部分,脚上都还穿着皮鞋,膝盖以上不知道跑到哪里了,仓库的地板有黑黑的印子,是烧完炭化之后黏在地板上的。很诡异吧,膝盖以下的部分明明就完整保留,膝盖以上却烧得连原形都没有了。"

管理仓库的公司据说与黑道有关，推测死者是那一路人。

"据说也没泼汽油的痕迹哦。如果泼了，就能闻得出来。"

"可是，这件事，新闻没有报道吧？"

"管理员啊，并不是什么事新闻都会报哦？"

"是喔。"

我不清楚这当中多少是事实。就当作喝醉酒的玩笑话，相信一半好了。至少在那个时候，我并没想到焚尸和汤川小姐会有什么关联。

"这叫作 pyrokinesis。"

据说这是能在毫无火源的地方凭空产生火的异能人士。

就在二〇三号发生 G 骚动后。回到汤川小姐的房间后，她这样告诉我。刚接好天线的电视机沉默无声。她帮我泡的咖啡也冷了。

"也就是说，那个，汤川小姐有超能力？" 我向她问道。

"也可以这么说。我外婆是俄罗斯人，在美苏冷战时期，好像参加了奇怪的实验，应该是超能力的实验。据说苏联当时对这种研究非常认真，外婆被用来作为药物的人体实验。"

虽不知当时的实验结果，但她认为后续影响多半出现在身为外孙女的自己身上。汤川小姐边说，边将视线朝向我双手握着的马克杯。马克杯逐渐变热，冷掉的咖啡开始冒出热气。我喝一口，热得像刚泡好。

"让东先生的洗澡水变热水的，也是汤川小姐？"

她的能力，与其说是操纵火焰，不如说是让热能发生在她想发生之处。她使热能产生，让热能所在之处的可燃物与氧气发生燃烧反应，形成火焰。

而且她可以尽情运用这份能力，无须承担风险。无论加热多少热水都不会累。产生热能，对她来说就像呼吸一样简单。只要她在，不必担心燃料也不怕破坏环境，可以让发电厂的涡轮转个不停。

"比较需要担心的是无意识的起火。"

"无意识的起火？"

"有时候睡迷糊了不小心就会这样，还有就是打喷嚏、打嗝……"她望着榻榻米上小小的焦痕。

"空气干燥的时候就会起静电不是吗，像上车的时候。和那个感觉很像，打个喷嚏，就啪喊一下跑出来。"

榻榻米上蚂蚁大的焦痕不止一个。她住进来后，榻榻米表面就多出好几个。这个维修的钱得从押金里扣了。不，这不是重点。

"要是发生火灾怎么办！"

"打喷嚏或打嗝引发的热能非常微弱，不会引燃可燃物，一眨眼就会消失，造成火灾的可能性几近于零。"

大概怕我要她退租吧，汤川小姐积极强调自己能力的安全性。但她这么说还是无法完全消除我的不安。要是六花庄发生火灾，恐怕会有住户不幸丧生。她的能力对六花庄这栋木造公寓实在是莫大威胁。我有意要她立刻搬走，可是我并不讨厌汤川小姐这个人。该不该要她退租？日子就在我迟疑之中流逝。

"管理员，你是不是对汤川小姐有意思啊？"

某天，一〇二号的立花太太来房间找我的时候说。

"因为，每次她一经过，你都一定会回头一直看她啊。不用害羞啦！"

我虽然否认，但盯着汤川小姐看是事实。我观察她，并判断她的能力是否会危害六花庄。

仔细看着她，便会发现她频繁地使用自己的能力。例如路上有烟蒂时，她光瞄上一眼就让烟蒂化成灰随风而逝。

大清早，有人因为车门结冰打不开，无论多用力拉驾驶座的门都纹丝不动。汤川小姐走过去，手心摸摸车门与车身的交会处。车主会被突然跑来的汤川小姐吓一跳。等她点个头打过招呼离去，再拉驾驶座的门，简简单单就打开了。

有些民宅屋檐会结冰锥。房子就在小学生通勤路上，每当小朋友从冰锥底下经过都令人心惊胆战，生怕掉下来刺到小朋友。汤川小姐经过那条路会边走边注意屋檐。然后冰锥就会发出咻的声音，滴着水，冒着热气，急速变短消失。

实际上我也受惠于她的能力。那个时期，大片大片的雪花不断自空中落下，转眼间马路、树枝和停在路边的车子都被雪覆盖，城镇一片雪白。家家户户的屋顶宛如床垫般，积一层厚厚的雪，六花庄也不例外。我必须趁房子没被雪的重量压垮之前除雪。我得拿梯子爬到屋顶，把积在屋顶上的雪铲到地面。

就在我抽出折叠式的梯子，准备爬上屋顶时，汤川小姐从铁制楼梯探出头。她穿着朱红色的棉袄，有着俄罗斯血统的美丽脸蛋，与棉袄的组合实在有点怪。她吐着白气往巷子看。

"到处都是一片雪白呢！像这时候，我一定会玩一个游戏。"

她朝着六花庄前的路面伸出食指。积雪的雪白路面，随着她手指滑动而冒出热气，雪面上被划出一条线。雪配合着她的动作蒸发了，最后完成一个巨大的星星图案。

"对了，管理员，你在做什么？"

"我要除雪。"

"我来帮忙吧？"

我和汤川小姐用架在六花庄外墙上的梯子爬上屋顶。她手心向下，抚摸般移动，就起了一阵暖风。积雪的表层像被刮掉，化成热气消失。

为了不让六花庄的屋顶烧起来，她融雪时小心翼翼。那让我想到考古人士怕挖掘的时候损坏恐龙化石，拿着软刷轻轻将土壤刷开的手势。不久，屋顶残雪就全都消失。我一道谢，汤川小姐便惶恐地摇头。

"该道谢的是我。没想到我的能力能有这种用处。"

她对热能的控制精准无比,火力大小随心所欲。她嫌浪费,煮饭也不用瓦斯炉。只要眼睛盯着,用意念便可为平底锅加热来炒菜。而她最不擅长的就是炖煮料理,为了长时间维持热度,必须一直盯着锅子,要是不小心睡着,里面的蔬菜就会半生不熟,硬邦邦的。

她也和六花庄的其他住户互相交流。有一次经过附近公园,住二○三号的秋山母女正和汤川小姐打雪仗。长得很漂亮的秋山美代子小姐看到我,要我参加,美人开口,当然奋勇应战。我与美代子小姐一队,汤川小姐和小学生秋山香澄是另一队。我们开始互丢雪球,笑声与尖叫此起彼落。但打到一半,我丢出去的雪球不知为何都打不到对方。仔细一看,只有我丢出去的雪球会在半空中化成水气消失。

"汤川小姐!你作弊!"

我一抗议,汤川小姐像恶作剧被抓包似的笑了。但秋山母女莫名其妙。原来除了我,她并没把pyrokinesis的事告诉任何人。

汤川小姐似乎没有工作,好像靠存款过日。但她大概厌倦了这样的日子,开始找工作,没过几天她就找到很适合她的工作了。她选的工作地点是附近澡堂。由一对老夫妇经营,已经开很久了,但最近热水炉状况不佳,有时水不热。但自从汤川小姐工作后，大浴池的温度都稳定地维持高温，这恐怕不是锅炉技师的功劳。不知不觉间，她便成为邻近固定上澡堂的叔叔伯伯的小小偶像。

"你觉不觉得从她搬进来，六花庄好像很神奇地变暖了？"

我被柳濑先生带进他的二〇二号房喝酒，他这么说。

"我觉得往年的冬天好像更冷啊。"

多半是汤川小姐控制热能替房间增温。而柳濑先生就住在她隔壁，也许间接分享她在热能方面的好处。

"汤川小姐搬来真是太好了啊，管理员。"

我以复杂的心情点头。是不是应该请她退租？这个念头一天比一天淡。那个时候，她已经帮忙我除雪好多次了。她让我免除重度劳动，可以有更多时间用在大学课业。我必须感谢汤川小姐。

尽管这么想，我心底还是有一抹甩不开的不安。会不会哪天她无意识地咂嘴一下，就让六花庄陷入火灾？然而，事情远远超乎想象。

结果并没有发生火灾。但不管有没有发生，终究还是不该让她住进六花庄，这是伦理问题。她虽然开始在澡堂上班，但没人知道她之前从事什么工作。要是知道，大家还会接受她吗？告诉我汤川小姐以前做什么的，是一名没有左臂的青年。

我没有所谓的老家。我那不务正业的父母一直行踪不明,我又被赶出从小住的房子。因为没家要回,所以我都在六花庄过年。从超市买来橘子,我窝在暖桌里看红白歌会*。

元旦那天,秋山母女、汤川小姐和我四人一起吃火锅。地点是二〇三室。我们把砂锅放在卡式瓦斯炉上,咕嘟咕嘟滚着白菜和豆腐。但就在最后要放白饭进去煮粥前,瓦斯没了,火熄了。我们没备用的瓦斯罐,眼看火锅就要提前结束。

"啊,没问题的。锅子的余热应该可以维持一阵子。"汤川小姐说。

熄火后,不知为何锅子里的汤仍是滚的。一直到放白饭进去煮好粥,砂锅都维持着这样的热度。秋山母女觉得很奇怪,不明白为什么锅子不会变冷。

"不愧是砂锅,保温效果就是不一样。"我如此说道。

"就是啊,管理员。"汤川小姐也在一旁附和。

过完年,世界又恢复正常运作。我忙着大学课业。班上同学在寒假期间都去滑雪或玩滑雪板,或者和男女朋友去温泉旅行。开学后的课堂上,这些话题非常热烈。我并没什么特别受大家注目的故事插曲,专门负责聆听。

---

* 红白歌会是日本放送协会(NHK)自1951年起每年播出一次的音乐特别节目,以现场直播的方式同时在NHK的电视与电台频道,向日本全国以及全世界播出。——译者注

回家路上，我顺便到大马路上的一家便利商店。出店门时，一条狗被拴在店门前，一个青年正在看它。青年满脸堆笑地看着狗，但他似乎不是饲主。他伸出右手想摸狗的头，却被狗呜呜低鸣，怯怯躲开。青年穿着黑色大衣，但左臂并没有穿进袖子里，只是披在肩上，袖子扁扁垂下。原来青年没有左臂。

我从他身边走过时，与他视线相对。

"啊，你、你是六、六花庄的人吧？"青年对我说。

他讲话会口吃，年龄应该二十多岁，和我差不多，或比我再大一点。个子很高，瘦得很病态。比较特别的是眨眼次数多得异常，有时会用力眨眼。这是妥瑞氏症的症状之一。妥瑞氏症绝大多数都在儿童时期发病、痊愈，但有些人在成年后依旧持续症状。

"你住在，那、那、那里吧？"

"是的，我是管理员。"

"你、你现在，要回去吗？搭、搭公交车？"

我点点头，朝公车站的方向看。正好看到公交车驶离的背影，看样子刚离站。

"我想请、请教你，有关六花庄的事。请问，你、你方便吗？"

"可以啊。可以在公车站牌边排队边说吗？"

青年松一口气般点点头，拼命地眨着眼睛，然后整张脸都皱起来般用力闭上眼。一靠近，就觉得他身上发出一股很像消毒水的味道。大衣磨损变形，长裤裤角和鞋子沾满泥。他到底是什么人呢？

公交车刚走，车站没人。我们沿着马路并肩排队，他大衣的左袖就在我右手边摇晃。

"我姓、沟吕木。想、想请问一位汤、汤川小姐的事。"

"你认识汤川小姐？"

我朝沟吕木青年看，他晃动着身体，给人一种静不下来的印象。

"我、我在调、调查她……"

"调查？"

"汤、汤川小姐身边，有、有没有发生，特别的事？像、像是一些奇、奇怪的现象？"

他不肯注视我的眼睛。视线在大马路上来去车辆、建筑、电线间转来转去。他问的我心中有数。但 pyrokinesis 这种事可以擅自告诉别人吗？会不会造成她的困扰呢？我摇头。

"没有啊，没什么。"

"好、好比说，起、起火现象这些，你、你有没有看过？"

"那是什么？"

"你、知、知道。我、闻、闻得出来。"青年摇晃着身体抽动鼻子。

"请、请告、告诉我。我、我会奉送谢、谢礼。"

"谢礼吗……"

"只、只要你愿意透、透露，钱、钱……"

青年一边说明，右手不断快速动着。也许他在口吃而无法顺利表达的时候会用动作说明，手才会无意识地动起来吧。

我越来越不懂了。这名青年似乎深信汤川小姐就是pyrokinesis，然后不惜出钱也要打听她的相关情报。他到底是什么人？

"你不如直接问汤川小姐吧？"

"谢礼"二字虽然诱人，但最好还是别未经她的许可就乱说。

"我绝不、不、不轻易接、接近她。"

"为什么？"

"那个、去年、出了点、问题……"

沟吕木青年不愿明说，声音变小。不知何时，公车站出现人龙，已经十几个人在排队了。

这时候，有人钻进我与公车站牌之间。他是一个穿着浅咖啡色西装的中年男子。一开始我以为他只是在看公交车时刻表，但他一直待着不动，以一脸他本来就在那里的神情站在队伍的最前面。看样子我被插队了。

排队的其他人也发现中年男子违规。人人都对他投以反感视线，但没有任何人劝导。甚至有一股认为容许他插队的我应该率先发难的气氛。无奈之下，我准备劝导插进我和公车站牌之间的中年男性。但在那之前，沟吕木青年便说：

"先生，可、可不可以请你不、不要插队？"

虽然有点口吃，但对方应该听得很清楚。但中年男子装作没听到，拿出手机开始滑动。

"大、大家都照、照规矩排、排队等公交车。"

青年猛眨眼，摇晃身体，急促地动着右手说明。中年男子继续装作没听到。一定是想抢先上车找位子坐。

"这样，太、太不公平了吧……"

沟吕木青年这句话终于让中年男子有了反应，他边滑手机边喷了一声。排队的其他人都默默注意事情发展，感觉所有人都支持沟吕木青年。

但中年男子还没退开公交车就来了。大型车身减速靠近公车站牌，排出白色废气，晃动着车身停下。噗咻一声，车门开了，座位大约半满。插队的中年男子看也不看我们一眼就准备上车。但他的鞋子还没有踏上公交车的地板，沟吕木青年就伸出右手。

妥瑞氏症独特的眨眼动作停止了。他抓住那人浅咖啡色的西装衣领一拉，对方正踉跄时膝盖就顶了上去。

"谁说你可以上车了？"

神奇的是，他竟然不口吃了。中年男子弓着身体呻吟，沟吕木青年的右肘又往他脸上打了一拳。暴力行为来得太过唐突，在场所有人动也不敢动。青年的身体不再摇晃,以行云流水般的动作抓住中年男子的头,朝着公交车门边缘撞了好几下。

"去当地垫!"沟吕木青年咒骂道。

中年男子四肢着地趴在公交车门口旁的地面上,淌着鼻血,嘴里也流出浓稠的血,里头还掺杂着颗粒状的东西,是被打断的牙齿。沟吕木青年一脚踩在他背上,像擦掉鞋底的脏东西般前后左右地拧着。中年男子再也撑不住般腹部着地。青年回头朝我呼一口气,并朝公交车伸出右手。他表情柔和了,口吃也回来了。

"来、来,请、请上车,六花庄的管理员。我、我也可以一起上车吗?还、还有一点事情,想、想请教。"

此时我已经非常惧怕这个人,只能答应。跨过平趴在地的中年男子上公交车,车上的乘客和司机都不敢安心坐着,表情僵硬地望着青年。最后一排有空位,我便在那里坐下。沟吕木青年紧邻着我而坐。他的手和大衣沾上中年男子喷出来的血,但他似乎不以为意。刚才那个中年男子好像还有意识,被队伍后方的好心人扶起。结果他没有上车,蹒跚着不知道往哪里走掉了。

车门关闭,公交车启动。车上安静得像葬礼,气氛紧张。

"对了,关、关于汤川小姐啊。"沟吕木青年小声对我说。

我好想逃。这男的才刚施展暴力却随口用"对了"改变话题,他的精神状态太可怕。

"你、你知道汤、汤川小姐的、的能力吧？"

凡是我知道的我都说了。关于G体内起火瞬间化成灰以及汤川小姐利用超能力川帮我除雪等，一般人应该会认为这种事荒诞无稽。但他却丝毫没有怀疑，甚至一副终于听到他想听到的事的表情。

"她、她让雪球消、消失了吗？那、那时候，她和雪球的距离大、大概多远？雪球的速、速度呢？"

青年很想知道汤川小姐使用能力的那一瞬间，她的位置与热能发生的地点相关距离。偶尔眼睛用力一闭，停顿一下，好像在沉思。

"她、她有没有隔、隔着遮蔽物产、产生过热能？"

"遮蔽物？"

"像、像是隔着墙……或是，不、不看那个方向，就产生热能？"

我摇头。她都是看着热能发生的地方，将东先生浴缸里的水加热，我记得她使从通道小窗户朝浴室看。

"谢、谢谢你。多亏你帮忙，让、让我了解很多。"

沟吕木青年满意地点点头，一把从口袋里抓出几张皱巴巴的万元钞票，要塞给我。我摇摇头没收。

雪花点点飘落在荒凉的风景中。公交车在十字路口转弯，因为离心力，沟吕木青年的身体向我这边倒。我的右肘越过他的左臂应该在的位置，稍微碰到他侧腹。

青年摸摸左肩。肩膀四周袖子是鼓起来的，感觉剩半截上臂，没有手肘以下的部分。

"我、我这只手，是、是被汤川小姐毁掉的。那个，幸、幸好只丢了一只手臂。要、要是逃得再慢一点，我、我就没命了。"沟吕木青年说。

3

天全黑。我向司机出示定期车票下了公交车。外面的冷空气顿时让我全身的汗都凉了。

沟吕木青年隔着车窗向我点头。公交车载着他发动了，排出白色的废气，逐渐远去。这里路灯很少，没有车辆经过，路上一片黑暗。公交车的尾灯消失在深处，那勾起我梦魇般的想象，仿佛车子载着恶魔回到黑暗世界。

经过个人经营的居酒屋的红灯笼前时，酒精和焦油的味道扑鼻而来。冷清的路上有一只瘦巴巴的野狗蜷伏着，不，可能已经快死了。我边走边反刍沟吕木青年的话。他的话一点都不像现实，但所谓的 pyrokinesis 本来就脱离现实，随便就施展暴力的沟吕木青年也夺走了我正常的世界观。每朝黑暗踏出一步，我就有误闯血腥世界的错觉。

萧条的公园亮着路灯,我在长椅上坐下,思绪万千。秋千上、溜滑梯上、攀爬架上都积一层薄雪。我正冷得发抖时,有人叫我。

"管理员,你怎么了?怎么待在这里?"

围着围巾的汤川小姐提着超市的购物袋站在公园入口。我还想不出怎么回答,她便走近长椅。她长长的头发从毛线帽底下垂落。

"会感冒哦。"

"那个,我……"

汤川小姐眉头微蹙,似乎感觉到我不太对劲。路灯灯光下,她的肌肤显得更白皙。

"汤川小姐,我有点事想问你。"

她的视线往脚边转一下。过一会儿,我才知道她在做什么。她好像含着糖果,嘴里发出东西滚动的声音。我们闲聊着,聊了她在澡堂的工作状况,聊了六花庄的住户,聊着聊着就不那么冷了,公园里薄薄的积雪也消失了。我弯下身去摸地面,有点暖暖的。

"对了,汤川小姐。"

"嗯,什么事?"

"我遇见了一个认识你的人,他没有左臂。"

"没有左臂?"

汤川小姐没有头绪。

"你没有印象吗?"

"有没有其他的特征?"

"他说他姓沟吕木。"

"唔……"

"他有口吃,眨眼睛的次数很多……"

我听到糖果被咬碎的声音。汤川小姐看着我,似乎有什么线索触发了她的记忆了。

"你认识这个人吧?"

她缓缓地、静静地闭上眼睛,然后叹气般喃喃说:

"……好短暂啊。"

"什么好短暂?"

"是吗,原来那个人姓沟吕木啊。我还以为已经与我无关了。"汤川小姐绷紧脸颊,感觉得出她对沟吕木青年的怒气。

"管理员,你是在哪里遇到他的?"

大概是体温上升觉得热了,她摘下围巾塞进购物袋。我说了刚才发生的事。

"他是什么人?"

"一个很危险的人。绑架我父亲,把他关在仓库里的那一群人的余党。"汤川小姐告诉我。

她口中的父亲似乎与她没有血缘关系,就是合约上填在保证人那栏的人。

"首先，让我说明一下我的身世。我还是小婴儿时就被送进育幼院，我连亲生父亲的姓名都不知道。我母亲是日俄混血儿，把我送进育幼院后就没有消息了。"

育幼院收留她，也收到一封来自她母亲的信。信上写着关于 pyrokinesis 的事，以及外婆曾参与苏联的人体实验等事。

"据说婴儿时期，我一哭旁边就会火花四溅。育幼院苦于不知如何应付时，我父亲收养了我。"

他也是在育幼院长大的，收养汤川小姐后便把她当亲生女儿养育。汤川小姐无忧无虑地长大，后来便协助他的工作。

"什么样的工作？"

"我父亲从事黑社会相关的工作。"

"就是人称流氓、黑道之类的？"

她点点头。我对黑道的势力版图一无所知，据汤川小姐说明，我们这个地方有两大势力：一边是她在的那方，靠着与俄罗斯黑手党从事非法贸易而茁壮；另一边则是以提炼并贩卖毒品作为财源的势力，沟吕木青年便是这边的人。双方摩擦不断，终于在去年，她敬为父亲的男子遭绑架监禁。

"我气昏了头，闯进仓库，一下就把带走我父亲的那些人烧死大半。"

我想起不久前二〇二号的柳濑先生告诉我的事。港边仓库发现好几个人的脚,但膝盖以上却化成灰。她说的就是那件事吗?

"我父亲旁边的人全都死了。只有另一个人在仓库后面狙击我。"

"狙击?"

"他手里有来复枪。我立刻反击,但看来被他逃了。"

那多半就是沟吕木青年了。他虽然失去左臂,但仍从她手下逃过一命。

"关于他的事情是我父亲告诉我的。父亲说他是口吃很严重、常眨眼的年轻人,双亲都有毒瘾,因为欠钱把这个孩子卖掉。我父亲是听他们同伴之间的谈话知道的。"

我偷看汤川小姐的侧脸。我原以为她不食人间烟火,万万没想到她竟然是那个世界的人。

"我对杀人没有丝毫犹豫,因为我习惯了。" 她以有点愉快的表情说道。

我说不出话。我明明有话非说不可。

"我还以为我已经脱离那个工作了。我拜托父亲,请他帮我准备新的名字和身份证,想要从此过普通的人生。可是,很遗憾,看样子已经结束了。"

看来汤川四季并不是她的本名。从长椅上站起来的她,冰冷的眼神令我生畏。在六花庄陪老人长谈、一起打雪仗时满面笑容的她消失了。

"汤川小姐,那个……"

"我知道。我会离开六花庄的。"

听她这么说,我头一个感觉是松一口气。"必须请她退租。"我心里暗想。不能让她继续在六花庄住下去,她是黑道分子,过去也杀过好几个人。依照法律,她显然是罪犯。就算我报警也不会有人责怪我吧。可是,我一回过神,却一直在道歉。

"对不起,很抱歉。"

她嘴角露出一丝笑容,但在路灯光芒中飘落的雪粒落地时便消失无踪。汤川小姐提起超市的购物袋。

"没关系啦,管理员。我早就知道自己迟早会被赶出去的。我想明天就搬出去。我得先去借车。"

"你有地方去吗?"

"有。"

"令尊那里吗?"

"不,我在某个湖的湖边有小木屋。是个像别墅的地方,可以暂时在那里藏身。啊,对了。管理员,我也有话要告诉你。我一直想着将来有机会一定要和你说的。"

我们一起从公园走回六花庄,她在路上把那件事告诉了我。

第二天早上,汤川小姐前往她工作的澡堂,向经营澡堂的老夫妇辞职。

"因为家里的关系，我必须离开这个地方。"

据说她这一解释，老夫妇显得非常遗憾。她也向老夫妇借了一辆老汽车。她保证搬完家一定会归还，然后将车子从澡堂开回六花庄。

她有驾照，上面的名字也是汤川四季。照她在公园告诉我的，这是假名，但驾照怎么看都像真的。应该是她敬为父亲的人物请高明的人伪造的，好让她能过一般人的生活。

汤川小姐突然要退租，六花庄其他的住户都很惊讶和难过。她一户户按铃告别，一直到中午后才要出发。把车停好，行李箱和纸箱都搬进去之后，住户们都来到外面。手上分别拿着饯别的礼物。

"姐姐，这个送你。"

二〇三号的秋山香澄把自己折的鸽子折纸送给她，一〇二号的立花太太送一包煎饼，一〇三号的东先生给她一条玩赌博游戏换来的烟。

"我不知道你抽不抽，但我能送的只有这个了。"

"谢谢您，我好高兴。"

在六花庄的日子虽然很短，但汤川小姐忍泪收下这些礼物。对于一直活在血腥世界的她而言，在六花庄一个人住的日子算什么呢？

"这个,虽然开过了,不过是很难得的一款酒……"

二○二号的柳濑先生今天也是一早就喝醉了,给了她一瓶贴着外文标签的酒。汤川小姐将这些饯别的礼物放进后座,坐上驾驶座。

"我帮忙搬家。"

我向众住户这样解释,坐上前座,系上安全带。我考虑整晚,清早敲二○一号的门,拜托汤川小姐带我一起去。我对她即将要去的露营营地十分好奇。因为昨晚听到了我非去不可的理由。刚睡醒的她揉着眼睛答应了。

到出发时刻,汤川小姐发动车子,六花庄老旧的外观与住户们的脸在后方逐渐远去。她看后视镜一眼,便再度面向前方。

虽然没下雪,天空却覆盖着厚厚的云层。车外刮着凛冽的寒风,车内的暖气开到最大,我们钻出窄巷来到宽阔的直线道路,汤川小姐的车开得很稳,连零星的建筑物都看不到了,道路两旁净是天地自然。荒烟蔓草的景色,让人心也为之荒凉。

我们要去的营地从六花庄开车需时两小时。那里冬天不营业,但汤川小姐能够自由使用营地内的小木屋,因为那个营地就是她养父开的。一个黑道中人怎么会开设露营营地呢?这是有原因的。

"我以前就是在那里工作,其中一个小木屋就是我的待机地点。"昨天，我们并肩走回六花庄的路上，她这样告诉我。

"我父亲的部下会开车运尸袋来，我就在营地深处的森林里进行火化。很多人都消失在那座森林里，我父亲部下会把一点点剩下的灰埋在地下，再给他们上香。大家一起双手合十，工作就结束了。"

看来，那座营地并不单单是为休闲娱乐而开设。应该是认为与其葬在陌生人的土地，不如葬在自己的土地上比较放心。她说运来的死者都是在别的地方被杀害的，她从来不问尸者的身份，奉命直接火葬，也几乎没有打开尸袋看过里面人的长相。

"我只打开过一次，因为出了问题。那时我还不到二十岁，那天，父亲部下的两个年轻人，把尸袋装在车子的后车厢送到营地。尸袋有两个，车子虽然能开到小木屋附近的停车场，但接下来要到森林深处就必须靠人力搬运。"

这两个男生合力将尸袋一个个搬进去，一副很怕、很恶心的样子。他们已经运了一个到平常的火葬场，然后一个抬头一个抬脚地抬着另一个尸袋走在森林里。这时候，尸袋里突然传出呻吟声。

"我们吓坏了……那两个男生松了手，尸袋就掉到地上。"

平常都会有年长的黑道分子陪同，但那天刚好只有他们三个年轻人。两个男生吓得脸色发青，呆站在那里。掉在地上的尸袋没有动静，但汤川小姐把耳朵凑近，听到里面传出微弱的声音。还有咻、咻的呼吸声。她鼓起勇气打开袋子。装在里面的，是一个被打到脸都变形的女子。

"应该是和组织发生纠纷的人。那个伤看起来是制裁的伤。我想她眼睛已经看不见了，看她不再动弹，认定她已经死了，才把她装进尸袋里。根据她身上的伤势，我想就算送到医院，恐怕也救不回来。"

一回神那两个男生不见了，跑掉了。被留下来的汤川小姐就在森林里等那个人死去。

"我站在那里，就一直注视着躺在脚边尸袋里的那名女子。那是冷到骨子里的一天。她的呼气变得很微弱，就在我觉得她差不多要断气的一瞬间，我才明白她是在反复说什么。我把耳朵凑到她嘴边去听。"

她喃喃地重复着一个名字。

名字后，还有"对不起"这句话。

汤川小姐复述了那个名字，女子终于断气了。

"我把她拖到平常办事的地方烧掉。另一个尸袋我没有看，但已经死透了。这两具尸体好像是一对夫妇，他们如何走上这条末路，我也调查清楚了。"

我已经猜到了。据汤川小姐说，这对夫妇不是好东西。但不巧以恶质的诈骗手法骗了黑道人士，惹上麻烦，最后被处决。而这对夫妇有一个孩子，女子临终前说的名字就是那个孩子的名字。

"我决定离开那个世界的时候，想起了那个孩子。一查之下，知道他在一个叫作六花庄的木造老公寓当管理员。我还跑到大学里远远看过那个孩子。"

说实话，我对她为何要告诉我这些心生愤怒。但汤川小姐以担忧的眼神看着我，我才明白原来她对于应不应该告诉我也是踌躇再三。她会搬进那幢破公寓便是基于这样的理由。而找机会告诉我她为我母亲送终，则是她心中暗藏的目的吧。

回到六花庄一个人静下来，我总算把事情想清楚了。我很庆幸能够知道抛弃了我，不知所踪的父母最后的下场。他们化成灰了。有种不明确的东西终于有了轮廓的感觉。对于他们不幸的结局，我心中同情与悲伤交织。我把脚伸进暖桌，仰望着一〇一号的天花板，真切地感受到与那对一文不值的父母永别。然后，我想到他们的埋骨之地上炷香。

汽车的引擎开始发出一阵怪声。我很怕车子会半路抛锚，但总算撑完了两个钟头。我们要去的营地招牌就竖立在大自然里。眼前便是一大片灰暗的湖，映照着冬日阴沉的天空。

营地位于湖畔。由于冬季不营业，入口以铁链阻止人车进入。汤川小姐下车解开铁链，把车开进去。入口附近有一栋看似办公楼的建筑，可以在这里租借脚踏车和烤肉用具。管理建筑的窗户是暗的，现在里面没人。来到岔路，一边通往露营区，另一边通往小木屋区。依照广告牌上的地图，营区里还有脚踏车道、野外运动关卡和出租小船的栈桥等设备。

车子驶进前往小木屋区的路。沿着湖边绕了半圈，前方便出现好几栋小木屋。在枯木林立的山坡上，颇具山中小屋风情的三角形屋顶零星散布。每一座的外观都一样，墙则是用原木堆起。

"后面有一栋不外借的特别小木屋。"

一条窄窄的岔路尽头，盖了另一栋小木屋。车子就在那前面停下。她下了车，抬头看着建筑说：

"我父亲为我盖了这栋小木屋，好让我在等待尸袋的期间能过得舒舒服服的。"

建筑旁有石阶通往森林深处。她说，她以前就是在那边焚烧尸袋，所以这座小木屋盖在通往火葬场的入口。我听着她的说明，感到阵阵寒意。

我们把东西从车子拿出来搬进屋内。我抱着装有汤川小姐个人物品的行李箱和纸箱。一走进去，就被木头的香味包围。汤川小姐一副熟门熟路的样子打开窗户让空气流通，然后打开总电源。屋里有厕所也有浴室，冰箱、电饭锅样样不缺。

天黑了，我们煮了米饭，热了我从六花庄带来的调理包咖喱。汤川小姐对调理包食品露出非常感兴趣的神情。

"我知道有这种东西,却没吃过。"

因为瓦斯炉的状况不太好,汤川小姐便盯着锅子里的水。水立刻就滚了,开始冒泡。

"你是用'看'来加热吗?"我问。

我的想象是,她会不会从眼睛发出热光线之类的东西。但汤川小姐摇头。

"不是的,闭着眼睛也可以生热。如果是用眼睛的话,我的眼皮早就烧掉了。只不过闭上眼睛就无法瞄准。等于是蒙着眼发射火焰喷射器一样。"

"墙壁呢?如果是火焰喷射器的话,待在墙后面就可以躲掉吧?"

"和墙没有关系,但必须附加不用瞄准这个条件。"

"意思是说,可以穿透遮蔽物?"

原来她的视线完全是为了瞄准的关系。

"那要是你现在,在这里以最大的火力,全方位释放出你的能量会怎么样?"

"湖会瞬间干掉,整座山也会被铲平吧。管理员就不用说了,也许连我自己也会化成灰。"

汤川小姐似乎很喜欢调理包咖喱的味道,一下子就吃光了。一盘还不够,又追加了一包,用她自豪的能力加热。连本来一起煮好的用于明天早餐的米饭也吃光了,所以我又洗了米放进电饭锅，设定定时器预约煮饭。然后我们喝了酒。因为我发现我们手边有那么一瓶酒。就 Spirytus 的标签我有印象，是临别之际柳濑先生送的。就是酒精浓度高到连 G 都能扑杀的酒。光是滴几滴在果汁里，就足以令我们微醺。喝完酒，冲过澡，我们分别进房间就寝。我没有做梦。

小木屋是两层楼的建筑。一楼是客厅、餐厅和卫浴。二楼有四个房间，每一间都有床，每个窗户都挂着素面的窗帘。我在小鸟拍翅的声音中醒来，然后我人生中最惨的一天就此开始。

4

我在洗脸台洗脸的时候，汤川小姐起床了，她穿着运动服，可能是平常就不太化妆吧，刚起床的脸和平常感觉没什么两样，清透雪白的肌肤连毛孔都找不到。我们刷牙洗脸换好衣服，来到外面。

从零星散落的小木屋之间，可以望见朝雾弥漫的湖面。汤川小姐爬上小木屋旁通往森林的石阶。走到一半遇到有绳索阻路的地方，也竖立了禁止进入的广告牌，但她并没有在意。森林里的阔叶树叶子都掉光了。树干是灰色的，像石头般冷冷的颜色。光秃秃的细瘦树枝交缠纠结着朝多云的天空伸展。雪粒穿过树枝的缝隙，掉往铺满了落叶的地面。

我们越走越深，见不到小木屋和湖了，我完全失去方向感，石阶也走完了，到一半就是一般的山坡。但汤川小姐毫不犹豫地继续踩着枯叶前进。这条路，她究竟伴着尸袋走过多少次？

"管理员的母亲就是在这里过世的。"

汤川小姐终于停下来，回头对我说。

空无一物、平常无奇的地面。汤川小姐双手插在大衣口袋里，站在枯树旁，注视着地面的某一点。我在内心想象自己母亲躺在那里结束人生的模样。我本来很担心就算真的到了那个地方，也触动不了我的任何情绪，但没想到我觉得感慨万千。我朝着那块地面双手合十。汤川小姐也将手从口袋里抽出来，和我一样合掌。

继续往里走，出了森林。那里是一处圆形广场，裸露的地面只有一块巨大岩石。感觉是靠人力将那块地的树木采伐掉。落叶下的地面泥土和其他地方不同，鞋底的触感很像踩在坚硬的粒子上。唯独这一块的地面变成玻璃质地。只有在高温时才会变成这样吧。

"以前，我父亲带我来的时候，我把这一带整理干净了。"

汤川小姐走向横亘在广场中央的岩石说。那块大得必须仰头看的岩石表面布满黑色煤灰，所以这块圆形广场是由她发出热能制造的。他们在这里把一些不利于他们的尸体烧掉，将骨灰埋在地下。

这块地草木不生，上面浅浅地覆盖着一层被风吹来的枯叶。加上是阴天，阴森森的。汤川小姐向我招手，指着岩石旁的地面。我的双亲就是在这里被火葬，烧剩的灰就埋在那里。

对于父母，我记忆最深刻的是什么呢？

大概是我四岁的时候。大热天，我被留在小钢珠店停车场的车上，差点闷热而死。幸亏那个年纪的我已经会开车门了，才捡回一条小命。脱离险境的我，光着脚徘徊在被夏日艳阳晒得滚烫的柏油路面的停车场上。脚底烫伤，蹲在日荫底下哭，是小钢珠店的工作人员救了我。

我父母被小钢珠店的店长痛骂一顿低头道了歉，但回到家换我挨揍。他们反过来怪我，说都是因为我不乖乖待在车里，才害他们被骂。当时我一心只觉得抱歉，但现在回想起来，完全明白那是作为父母的失职行为。

与黑道发生纠纷而被杀，这样的下场也是他们自作自受吧。但也罢，为他们上个香吧，不然要是变成鬼跑出来我可消受不起。

我取出线香插在地面上。汤川小姐注视着线香头，那里便发出红光，冒了烟。我们两个在那里双手合十，呼出来的气变成白色，与线香的烟一起消逝在风中。汤川小姐看着我的侧脸说：

"想哭就哭吧。"

"我才不会哭。"

"爱逞强。"

"没有啊。我跟他们没那么亲，现在反而觉得无事一身轻。"

我们决定回去，离开火葬场，再度走进枯木森林。

"谢谢。"在走向小木屋的路上，我向她表示感谢。

"是谢谢我带你来吗？还是谢谢我火葬了你爸爸妈妈？"

"都是。"

许多人在她的能力下化成灰，悄悄被埋葬。我忽然想起被她称为父亲的人物。他恐怕是看上 pyrokinesis 的能力，才领养了年幼的汤川小姐。判断她能够帮自己的忙才养育了她。

这一点她自己一定也不是没想过吧。但我从她身上，还是能感觉到她对她口中父亲的敬爱之情。

"回到小木屋就来吃早餐吧！"

汤川小姐边走边开朗地说。

前方出现小木屋区了。笼罩着湖面的朝雾已消失无踪，但天气还是很冷，飘着小雪。我们回到小木屋，还来不及脱下外套，事情就发生了。

首先，我和汤川小姐发现一件事。昨天晚上设定好预约煮饭的电饭锅不知为何还是冷的。

"怎么这样！"

打开盖子确定没煮饭，汤川小姐发出绝望的呼声。紧接着，一个热热的东西紧贴着我的脸颊擦过。

短促的"当！"的一声后，冰箱门上出现一个小指头大小的洞。不，应该是先听到玻璃破掉的声音，我们身后的玻璃窗裂开了。外面响起放炮声，火药爆炸的声音，声音响彻湖畔，回音不绝。当下我并不明白，但那是枪声。

我一直以为只要生活在日本这个国家，就没机会听到那种声音。但我们毫无预警地就被迫进入战斗状态。

"趴下！"

汤川小姐低下头。我不明所以地呆站着，她过来拉我的手。

"离开窗户！"

汤川小姐爬过地板拉下餐厅的窗帘。小木屋的一楼是餐厅与客厅相连的大空间，汤川小姐也拉上客厅那边的窗帘。

"请问，到底是……"

"我们被狙击了！"

汤川小姐对不知所措的我大喊道。她翻倒餐厅的餐桌，放在上面的杯子、餐具都掉到地板上摔破了。她以餐桌桌面为墙，躲在后面。

"狙击？"

我反问。为什么？我不懂那是什么意思。

窗帘不自然地晃动。上面有个光点，破了一个洞。横放在地上的餐桌发出撞击声。冒出几缕烟的同时，嵌进一颗貌似子弹的东西。

我明白了，但脚不会动了。混乱使我的身体僵住。汤川小姐从餐桌后出来,扑向我。我们就这样跌在地上低着头。窗帘又多了一个洞。好像是子弹从我们头上经过,打中了柜子。里面的一个餐具破了,碎片四散。

汤川小姐用柔软的身体护着我。她喘着气,瞪着子弹飞来的窗户。

"有人要我们的命!"

"谁?"

当下我能想到的,只有一个人。因为汤川小姐而失去左臂、调查她 pyrokinesis 能力的那个青年。

她走到餐厅的窗边,子弹是从那个窗户后面飞进的。谢天谢地,子弹的威力似乎还不足以打穿墙壁。她小心翼翼地掀起窗帘下摆想确认外面的状况。但在她要看的时候,柜子上的餐具又有一个破了。窗帘多了一个洞。她吓一跳缩回手,然后又有一颗子弹射穿窗帘。如果汤川小姐没有因为第一枪而后仰,第二枪很可能就命中她的头了。

"这是你逼我的!"

一说完,她就展开反击。朝狙击者可能在的方向伸出了手。看来是隔着墙,在不瞄准的情况下放射热能。窗帘飞起来,随着热浪灌进,汤川小姐的头发剧烈飘晃。外面产生一道火墙。好惊人的能力,那火海简直就像小木屋区被扔进汽油弹,宛如地狱凭空出现,但被敌人逃走了。

这次换客厅那边的窗帘出现破洞。看来敌人逃过大范围的无差别热能放射，移动到那个方向。汤川小姐和我爬着逃到餐桌后。在火灾的声音中又响起一声枪响，扶着餐桌的手受到冲击，子弹命中餐桌桌面。在混乱与恐惧中，我觉得奇怪。

"奇怪！窗帘明明是拉上的！"

汤川小姐赫然一惊地扫视室内。她也明白我的意思了。

一楼的窗帘全都是拉上的，外面的狙击者应该看不见我们的位置。然而子弹朝我们藏身的餐桌射来。对方莫非隔着窗帘就能掌握到我们的位置？

刚才汤川小姐要观察外面状况时，在掀起窗帘的那一刻，子弹就在她的头旁打出一个洞。窗帘明明没动，对方怎么知道她在那里？第二枪仿佛修正过轨道般，穿过几秒前汤川小姐的头部位置。他逃过刚才那阵热能放射，难道不是因为看得到汤川小姐的动向吗？

我是这么认为的。明明应该被窗帘遮住，对方却看得见子弹打到哪里。并以此参考，在下一枪瞄准时，做好微调来正确命中目标。是不是有什么办法让他做到这一点？

"找到了！"汤川小姐叫道。

摆在柜子里的物品缝隙中，露出看似摄影机镜头的东西。柜子后面有一条细细的电线，连到冰箱、电饭锅插头的插座上。狙击者很可能在今天早上我们出门的时候，潜进来设置这些东西。一定是为了确保电源而拔掉电饭锅的插头,插上有多插座的延长线。所以电饭锅的定时器归零了。

我爬过去抽出柜子后面的电源线。摄影机和应该是无线电的机器被扯着掉下。

"给我,我来破坏!"

我把东西丢往汤川小姐躲藏的地方。她紧盯着摄影机和无线电,产生热能来破坏这些机器。

但想必这一连串的动作都在敌人的计算中。电饭锅的定时器搞不好也是他故意的。都是为了让我们发现摄影机而埋下的伏笔。

下一瞬间,气体便从摄影机里冒出来。

噗咻咻咻咻咻……

夹带着湿气的气体呈现淡淡的橘黄色。我不在气体的范围,但汤川小姐全身都被这种瓦斯包围了,她发出尖叫。我也吸入一点点。味道非常刺鼻,鼻子和喉咙深处呛得像会整个翻出来。眼球表面产生刺痛。汤川小姐好像整个人被喷个正着,等橘黄色的烟雾散去,她倒在地上,睁不开眼睛,双手紧紧摀住脸,咳个不停。是催泪瓦斯,显然是对方事先安装在摄影机里的。

外面发出爆炸声。大概是附近小木屋的瓦斯桶之类的东西爆炸了。我只接触到少量瓦斯,视线就模糊了。餐厅的窗帘摇晃着,外面的火光像水彩画般淡淡地晕染开来。

"汤川小姐！"我向她爬过去。

"……快、快逃！"她蜷伏在地板上，在咳嗽的空当回答道。

她好像无法好好呼吸，眼睛、鼻子四周都是红的，脸颊上都是眼泪。不是因为伤心，是瓦斯硬逼出来的眼泪。

狙击者显然针对汤川小姐的眼睛设了陷阱。她破坏摄影机，确实会睁开眼睛执行"看"这个动作。他一定算好了时机释放瓦斯。她的眼睛正面接触到催泪瓦斯，想必暂时什么都看不见。这是对抗她无敌超能力的对策。

"快、快逃……二楼……"

汤川小姐伏在地上不断咳嗽，她好像想说"逃到二楼"。的确，向外逃很危险。但二楼就安全吗？

"我扶你。"她摇头。

她的动作是想说"不是的、我不是这个意思"。

"你会……碍事……"

她的声音里还有战斗意志，于是我懂了。眼睛虽然看不见，并不代表不能使用 pyrokinesis 的能力。只不过是瞄准器坏了。

"我要……释放能力……"

不瞄准吗？不管三七二十一地把整个小木屋区烧掉？但我在附近就会受到波及。

"我知道了。"就听她吧。

"上二楼……"她再次重复道。

我压低身子,向楼梯移动。狙击的人多半知道汤川小姐现在看不见。之前远远观望再加以狙击,对对方而言不是上策。喷在她身上的瓦斯是什么东西我不清楚,但是不是随着时间流逝,眼睛的疼痛就会减弱,也许视力就会复原?所以他很可能会趁这个机会拉近距离,就近射击要她的命。而汤川小姐心里很清楚对方会这么做。

所以,她打算在察觉到那家伙靠近的一瞬间动手。我猜她一定会让自己周身出现一圈足以将铁融化的能量。会不会是以水平方向发射热能?所以她才会说到二楼就没事了。

我冲上楼梯逃进房间,就是我昨晚睡的那间。打开木门,正面就是窗户,能清清楚楚地看到外面异样的光景。整个小木屋区烧得像战场一样。风刮起黑烟,卷成旋涡,宛如巨大的怪兽。我正环视室内想着要在哪里藏身时,一把枪出现在我鼻尖前。

那家伙右手握着一把自动手枪,没看到他的左臂,上衣的袖子空悬着。是目标沟吕木的青年,高高瘦瘦的他,此刻没出现妥瑞氏症的典型眨眼特征。他是来为他的左臂报仇吗?

可是,他为什么在二楼?我的惊讶甚至超过被枪口指着的恐惧。沟吕木青年的耳里塞着耳机,搞不好坏掉的摄影机是假的。实际上他还另外装了窃听器,室内的声响全听得一清二楚?这个青年知道汤川小姐会以无差别热能放射来迎击?所以才入侵安全的二楼？不，也许他就是在等我。

"你最好乖乖听话。"他说。没有口吃，对插队上公交车的那名男子暴力相向时也这样。也许在打斗的那一瞬间，他的口吃和妥瑞氏症都会暂停。

"我要去一楼。你也一起。"

沟吕木青年眼中无神，双眸灰暗。外面发生小型爆炸，火势更旺了。一些小碎片飞溅撞上小木屋的外墙，发出声音。我身子一缩，但他一动也不动。将右臂伸得像飞机跑道一样水平，枪口指着我的鼻尖。

我一点头，沟吕木青年就将下巴微微一扬，做出要我离开房间的指示。无言的压力令我无法反抗。

我走出房间，下了楼梯。后脑一直感觉得到手枪。只要他的食指稍稍一动，我的脑袋就会被轰出一个洞。我强忍着想吐、想弯身蹲下的冲动。

"这是赌注。"青年以沙哑的声音说，"看看她会不会连你一起把我烧掉。"

什么意思？看到一楼的地板了，我想了一下，然后明白了。此刻目不见物的汤川小姐应该无法分辨被抓来当人质的我和狙击者沟吕木青年。无法瞄准，就无法只烧掉他。但只要她一犹豫，就会被近距离枪杀。她要活命只有一个办法，就是不瞄准，直接把我和他一起烧掉。

我觉得脚要发软了。后脑"叩"一声,被枪口抵住。

"请你告诉她现在的状况,用你的声音说。" 青年在我耳边悄声说。

我点点头。

"……汤川小姐。"

她应该听到了。我终于来到一楼,一下楼就是玄关。我承受着被枪口抵住的压力,经过餐厅入口。本来那一瞬间,很可能出现巨大的热能将这一带全部烧光。但结果没有。

被子弹打出好几个洞的窗帘摇曳着。外面火光闪动,时不时射进室内,照亮满地的餐具碎片和倒在地上的餐桌。汤川小姐趴在地上咳嗽,从她的姿势来看,她应该是想逃到餐桌后,但到一半却因为呼吸困难,乏力而难以做到。

大概是注意到我的动静,不断咳嗽的她双手扶地撑起上半身。眼睛仍是闭上的,看来是因为疼痛的缘故。枪口在我后脑顶了一下,我感觉得出他是叫我说话。

"那个,是我。我被当作人质了,有枪指着我的头。"

沟吕木青年站在我背后不动。之所以保持沉默,大概是怕一出声就会泄露自己的位置。他似乎在观察并判断汤川小姐的眼睛受到什么程度的损伤。

"你会连我一起烧掉吗?"

只要朝着四周一口气把力量全部释放出来就行了。这么一来，她就能活命，就能杀死这个沟吕木。可是她摇摇头。

"不会。"

她忍受着眼睛的疼痛，嘴角微微扬起，但马上又咳嗽了起来。

我背后的沟吕木青年动了。他一句话也不说，要对她行刑。一步步报复汤川小姐的他，来到大功告成的紧要关头。

为了报一臂之仇，他首先以枪托打我后颈的发际处。他为什么没有一枪打穿我的脑袋？因为杀了我就失去人质的意义吗？在开第二枪前，那短暂的空当也可能遭到反击。但又不愿意直接放了我把手枪对准她吧。就结果而言，他这个判断为我们带来幸运。

这完全是巧合。因剧痛而倒地的我，在逐渐远去的意识中发现眼前有一瓶酒。本来是放在餐厅的餐桌上的，因为这阵天翻地覆而滚落在地。瓶盖拴紧，里面有透明的液体。

沟吕木青年的手枪指向汤川小姐，枪口笔直地瞄准她的额头。灼热的风卷着黑烟从窗口灌进来，烟灰弥漫，在火光中视野忽明忽暗。

我抓住眼前的酒瓶，在爬起来的同时，将酒瓶往沟吕木青年的头部侧面砸下去。

"Spirytus！"我大喊。

那是二〇二号的柳濑先生送汤川小姐的饯别礼。瓶子被砸得粉碎，里面的液体全淋在他身上。

他的手枪同时打响，但因为受到攻击射偏，子弹打进汤川小姐背后的墙。她没事。沟吕木青年的视线转向松一口气的我。看来酒瓶那一击并没有对他造成损伤。手枪本来要指向我，却半路改变主意，再次瞄准汤川小姐。一定是超越情绪的职业判断告诉他必须先行消灭汤川小姐。

Spirytus 从他的头部侧面滴下来，衣服的领口全湿了。

"汤川小姐！点火！"我对汤川小姐大喊。

听到酒瓶碎掉的声音，她明白了我的用意。前一天晚上我们在果汁里加了几滴这种酒来喝。当时我把从柳濑先生那里听来的杂学告诉她，也许她也想到了 Spirytus 是全世界酒精浓度最高的酒。

沟吕木青年再次瞄准汤川小姐。但汤川小姐的能力早一步放射出来。四周一带全数遭到热能袭击，无一幸免。我也在范围内。

全身突然好热。热的波动包围了我，头发焦了，发出吱啦吱啦的声音，但是，热能仅仅稍微烤热皮肤表层而已。汤川小姐产生的热能的确是无差别攻击，但稍纵即逝，而且好像设定成了小火。在达到损坏人体的温度前就散失了。但沟吕木青年无法全身而退。

他衣服吸饱的 Spirytus 中酒精成分挥发出来，一下子便着火烧起。蹿出爆炸般的蓝色火焰，包围他的上半身。全身沾满

Spirytus 的他处于易燃状态。尤其是酒瓶命中的脖子以上更惨。火焰紧贴皮肤。即使在这个状态下，他依然非常骇人地连开好几枪。枪口朝着汤川小姐砰砰砰直响，即使火焰延烧全身，都双膝跪地了，还是伸长右臂继续扣动扳机。几乎所有子弹都幸运地失准了，但最后一枪打穿了汤川小姐的肩。最后手枪里没有子弹，只剩下扣动扳机声。手枪从被火焰包围的手中掉落，在地上发出沉重的撞击声。他像是累坏般身子蜷曲，就这样静静地燃烧，不再动了。

5

根据苍白的天花板、墙壁及种种银色的器具，我知道这里是某家医院的病房。一醒来，我躺在床上，被干净的毛毯裹着，全身上下都有被治疗过的痕迹。

我不明白自己为什么在这里，我甚至想过营地里发生的事是不是一场梦。我没有受重伤，骨头和关节都没事，但皮肤阵阵刺痛泛红，好像是受到轻度灼伤，眉毛烧掉了，头发像烫过一样鬈鬈的，所有毛发都因为受热而变硬。

医生和护理师来了，说我受到营地火灾波及。因为可能出现短暂的记忆混乱，还建议我在警方前来询问时最好小心作答。

"汤川小姐在哪里？"

"汤川？"

医生偏着头不解。我想起汤川四季这个名字是假名。

"应该有一名女性跟我一起被送过来才对。"

应该是她对外求救的吧。我记忆中最后的情景，是自称沟吕木的青年不再动弹。不，我也记得后来肩膀中枪的汤川小姐爬起来，从那座小木屋脱身的片段。接下来的记忆就模糊了。

"我不知道你指什么。只有你一个人被送到我们医院啊。"医生说完便离开病房。护理师跟着他走了，留下我一人。

几个小时后，两位刑警来到病房问话。但警方似乎已经把剧本写好了。他们对营地发生的火灾下结论：闯入者用火不慎，我刚好经过附近，被犯人打了头昏倒。

"不，不是这样。"

"不，就是这样。"

来到病房的两位刑警眼中带着同情。然后劝我好好休息养伤。他们好像也知道自己扭曲事实。恐怕背后有什么力量在运作吧。

"万一你看到什么，那一定是你看错了。你只要同意我们的说法就行了。我们不会害你的。"

我在病房住了两晚。窗外是郊外景色，有家小钢珠店的大停车场。我向护理师问了医院的所在地。医院在营地那座湖开车南下的地方。我的手机和随身物品都不见了，所以我借用医院的电话和外界联系。首先和叔叔联系，我为自己没有去上课、也不在六花庄道歉。但叔叔根本没发现我不在，也不关心。我决定不提父母的死状。

出院时，医生没有向我要治疗费。不仅如此，还给了我一个红包说是交通费，一笔足以绕地球一圈的交通费。

"不是我的钱。收下吧。"

医生以一脸不愿意扯上关系的表情说道。

大概有封口费的意思。黑道想隐瞒营地发生的那次战斗。

我换了几次公交车回到六花庄。汤川小姐退租已经是五天前了，熟悉的木造老公寓进入眼帘时，我差点跪地痛哭。知道我回来了，六花庄的住户陆陆续续来房间看我。

"管理员，你回来啦？我还以为你直接就入赘了呢。"

一〇二号的立花太太说着，照例把她做多的卤菜端给我。二〇三号的秋山母女也认为我和汤川小姐秘密交往，在她搬去的地方住下来了。

"你被甩了？"

"才不是。"

秋山香澄担忧地给了我一颗汽水糖。一〇三号的东夫妇则打赌我几天会回来。

"别人都说东说西的，但我们都知道。管理员和汤川小姐之间是清白的。你在那方面晚熟得很呐。倒是这发型，怎么搞的？"

汤川小姐借来搬家的汽车怎么样了呢？本来应该停在营地的小木屋前，会不会受到火灾波及毁了呢？我很好奇，便去了她之前工作的那家澡堂。汽车的所有人夫妇已经有别的车了，不是新车，看起来是暂时出租的代用车。

据澡堂老板夫妇说，车子没有归还。汤川小姐在她新家那里与别的车相撞，车子严重损坏。借车的第三天，汤川小姐打电话给他们，以含泪的声音告诉老夫妇车祸的事。警方也和他们联系，说与其把坏掉的车拖吊回去，不如就地报废换新车比较划算。代用车和新车的费用，肇事方会全额支付，所以老夫妇决定接受警方的建议。

"管理员，你知道有个露营营地发生火灾吗？"

某天，又被拉去二〇二号房的柳濑先生那里喝酒时，他这么说。

"我听说是当地不良分子自己跑进去放的火。"

"一般是这样报道没错，但实际上好像不是哦。我啊，在酒馆里听记者朋友说的。那里发生了帮派斗争。听说碰巧赏湖的观光客听到枪声。所以他就去查了，那个营地好像是帮派的。"

六花庄的人不知道我当时就在那个营地。大家都相信我帮汤川小姐搬完家以后，自己跑去温泉区玩了几天。在那里一时兴起就跑去烫了头发。

"可是，调查营地的那个记者朋友，最近都联系不上了。但愿他平安无事。"

"柳濑先生，我看你最好不要再管这些了。"

"说的也是。来，管理员，再来一杯吧！上次啊，我弄到了一种叫作 Gusano RoJo 的酒哦。"

他拿出来的酒瓶里，有一只完完整整的毛毛虫泡在里面。

我再见到汤川小姐，距离营地那次凄惨的体验已经过了一个月。大学同学，找人一起去唱歌。他们问我要不要一起，但我看着窗外摇摇头。那天，硕大的雪花也落在大学校园里。我心想再不去六花庄的屋顶除雪就糟了。

我踩着雪走过小巷，回到六花庄。从储藏室里拿出折叠式工作梯和除雪工具，爬上屋顶。从高处眺望的市容一片雪白，家家户户屋顶上都积了厚厚一层雪。我确定下面没有人，拿铲子铲起雪，往下面送。由于必须随时小心不要打滑，这项作业费力又耗神。

梯子就架在外墙上。为了怕除雪中梯子倒下，我用绳子把它固定在屋顶边缘。刚开始除雪不久，就听到梯子唧唧轧轧的声音。有人爬上来了，会是哪个住户来帮忙吗？我停下除雪的手，呼了一口气。

最先是屋檐边缘冒出毛线帽，然后是雪白的额头，以及端正的五官。爬上梯子的是汤川小姐，她战战兢兢地爬上屋顶向我点头，嘴角漾起笑容。

"管理员，好久不见。"

"汤川小姐！"

她竖起食指，环顾四周。

"小声，不然会被大家发现。"

"你没事啊，我好担心。"

汤川小姐放低重心，摇摇晃晃地在屋顶上移动，来到我身边。毛线帽底下的头发在肩上摇晃，比我上次看到她的时候短。

"你剪头发了？"

她用手指卷起发梢玩弄。

"都焦掉了，我就整个剪掉了。如何？"

"很好啊。"

"太好了！"

那天，小木屋一楼产生的热也让她自己受到轻度灼伤。但眼睛完全治好了，也没有后遗症。受到枪击的肩膀还会痛，爬梯子的时候要小心护着。但没有伤到骨头，伤口已经愈合了。

"我刚去澡堂露了个面，因为我毁了车子，所以想去道歉。可是其实我现在还是被禁足的。我父亲交代说在风波平息前，要乖乖待在家里。"

"所以你是偷跑出来的？"

"回程的时候到六花庄前一看，就看到管理员要来除雪。我本来很犹豫，不知道要不要叫你。给管理员添麻烦了。"

"何止麻烦，我这辈子从没遇过那么可怕的事，心里都有阴影了。"被人用枪指着头，人生可能当场结束，光想象就怕得发起抖，"那是我人生最惨的一天！明明不关我的事！"

但汤川小姐贼笑地看着我。戴着手套的双手遮着嘴，她说："可是，我对你另眼相看了哦。最后还大喊呢。"

雪花从我和汤川小姐之间掠过，脸上虽然是笑容，但她的眼睛有点红，不是因为催泪瓦斯。那天绝望的心境又重心上头了吗？还是得救的喜悦呢？或者是其他情绪呢？

我们站着聊了一会儿。我很高兴从她嘴里听到她对六花庄的回忆。我说了其他住户的近况。告诉她大家都很想念她后，我就说不出话来了。然后我又开始除雪。

"我来帮忙。"

她说着在半空中做出甩手的动作，几秒钟就除完雪了。屋顶的雪完全融化蒸发后，我们小心翼翼地爬下梯子回到地面。

"那我走啦，管理员。有缘再见了。"

"好的，到时候来喝杯咖啡吧。"

我们在六花庄前道别。她深深行一礼，在巷子里越走越远。她边融雪边走。每踏一步，脚底下的雪就咻一声蒸发，冒出白色水蒸气,而当水蒸气被风吹散时,她的身影也消失在巷子尽头。

不久,冬去春来。汤川小姐住过的二〇一号房仍旧空着。我换掉焦痕点点的榻榻米,请中介帮忙找房客。但迟迟找不到新房客。六花庄的人们有时候会突然想起汤川小姐,说她在的时候,不知为何感觉没那么寒冷。

超能人生 サイキック人生

1

我的烦恼是常被人说是天然呆。

不久前,我要在车站前的停车场停脚踏车。我看到一辆醒目的黄色脚踏车,就把车子停在那辆车旁边。那亮眼的鲜黄色,远远一看就认得出来,我因此认为可以当作识别的标记。

"可是,等我办完事回来,到处都找不到那辆黄色的脚踏车了。你们不觉得很过分吗?害我用了半天,为了找脚踏车跑来跑去。"

我在教室里这么说完,朋友 A 就叹一口气,"天然呆啊天然呆"。照她的说法,这是我的不对,拿一个会移动的东西作为标记,我不得不承认她说的有道理。

在高中教室里,我被归到天然呆。这类阿呆角色没威严可言,在团体里无论提出任何意见,别人都会像对小朋友一样说几句"对对对,你说的对"应付过去。完全不会有人当真,活泼一点的男同学还会未经同意就摸我的头。"混蛋!住手!"即使我表示抗议,男生也只会笑笑。更糟的是,还有女同学说我的呆是装的,是为了要引起男生注意的心机。

可是,无所谓,我又没办法和世界上每一个人当好朋友,我只要好好珍惜和我要好的朋友就好了。在班上，我可以称为朋友的人大概有十个，一半是男生。我们这群好朋友会在放学后一起玩。假日大家会去游乐园坐云霄飞车、拍搞怪团体纪念照，这样的日子不也挺充实吗。但我万万没想到，因为我自己搞出来的乌龙，害得我看重的这些朋友都不敢来上学了。

事情的开端是某天放学后，朋友们聚在教室里，讨论世界上到底有没有幽灵。我不禁傻眼，都多大了还要讨论这种事？

"当然有啊。"

我自信满满的发言遭到大家的嘲笑。

"我就知道星野会这么说。"

"你也相信有圣诞老人吧！"

"可是大家不是会怕鬼吗？"

"怕和有没有是两回事吧。"

"有依据吗？你有什么依据说有？"

他们逼问我。我肯定幽灵的存在有我的理由，但我不能说，只好沉默。世界上才没有幽灵，讨论以此结束，相信有鬼的我就被一句"真可爱"打发。我内心甚至出现了一股义愤填膺的感觉。但事后回想，我认为这股怒气并不纯粹是针对幽灵的存在被否定。平常就被当成天然呆对待，任何意见都得不到重视，让我心里的郁闷一直累积。被归类成天然呆的人容易被不是这样的人看不起，他们经常自行认定我们就是不善于思考。

好，我明白了。既然这样，我有我的办法。当晚，我下定决心，就由我来搞场恶作剧让他们相信世界上有幽灵吧！只要身边发生只能以灵异现象解释的奇异事件，也许他们就肯听我说话了。要安排灵异现象对我来说易如反掌。我没跟任何人说过，其实我有一双透明的手，可以触碰或移动远处的物体。

我妈妈那边每个亲戚都有这种超能力。每年几次亲戚聚会吃饭，都会运用这种能力为坐得比较远的舅舅、长辈们倒酒。平常，我把这项能力发挥到极致，就是弄我讨厌的数学老师眼镜的时候。上课时，我会朝着站在讲台前的老师伸出我的透明手臂。我不必特别集中意识，那双谁也看不见的手就会从班上同学的头顶上直接伸去，指尖捏住数学老师的眼镜，稍微拉一下。在整个过程中，我仍然正经八百地乖乖坐在自己位子上。数学老师一定觉得奇怪，为什么只有在这间教室上课时眼镜会歪掉。

量身高体重的时候，我也用来让自己量起来轻一点。我会把透明的手插进自己腋下，轻轻把身体往上拉。体重计量出来的重量就会变轻，比本来的数字好看些。

透明的手谁都看不见，也摸不到。手能伸长的范围大概就是一间教室。虽然动不了太远的东西，但换天花板上的日光灯就不必特地爬脚凳了。这种超能力好像叫作 telekinesis 或

psychokinesis*。很久以前的祖先好像曾经因为这种能力而遭迫害，所以我们不可以把这件事告诉任何人。本来也禁止在自家以外的地方使用这项能力。要是被谁知道了，就会受到严惩。从小开始大人就一直告诉我惩戒的内容，可怕得令人发抖。难得有这种与生俱来的能力，我却不能自由运用。明明有这么有趣的专长，却只能孤芳自赏。

这也是我相信有幽灵的依据。既然都有这种超能力了，有鬼也没什么好奇怪的不是吗？因为这两种都是超自然啊，等于是亲戚嘛。可是被朋友问起依据，我不能提出真的有超能力者的证据，结果只能闭嘴。因为如前面所说，这项能力必须保密。

因为这样，我决定利用念力对我那群好朋友设计灵异现象，这是让他们相信有幽灵的策略。首先，作为准备阶段，我向他们宣告：

"其实，我有灵异体质。"

"你的话太离奇我听不懂，再说一次。"

结果朋友A眨眨眼，一副疑惑的表情追问道。

"因为有灵异体质，有时候走在路上就会被跟。也许会跑

---

*　念力，也被翻译为意念。希腊语中被写作"telekinesis"或者"psychokinesis"，是由亨利·霍尔特杜撰的，根据意识直接影响到一个物理系统。这些想象完全不能用任何已知的物理能量来解释。念力典型例子可以包括扭曲或移动的物件，或影响随机数发生器的输出。——译者注

到大家那里去，对不起喔。"

朋友们很困惑，不知这是搞笑，还是说真的呢，或者别有用意。大概听到我们的谈话,几个不良少女低声说"天然呆蠢女"。

"星野，我不希望你变成那样。"朋友中的帅哥藤川一脸忧心地说，就是有那种人啊，为吸引别人的注意而说自己有灵异体质。我不希望你变成那样。"

"你还好意思说。明明拿捡到钱包的钱去买果汁。"

"我又不知道那是你的。"

那是以前大家一起到游乐中心玩的时候发生的事。我正为钱包掉了惊慌时，这家伙跑去自动贩卖机买果汁回来，高兴地嚷着"运气真好，捡到好东西了"，手上就拿着我的钱包。

只有朋友 A 真心为我担心，帮我一起找。这件事后，在这群朋友中我和她的交流更密切。

"这不重要，但我真的有灵异体质。"

我清了清嗓子，望着教室天花板某一点，假装心头一惊。朋友们跟着我的视线看过去，当然什么都没见到。因为那里什么都没有。

"我和幽灵对看了！大家要小心……我总觉得有不好的预感！"

所有人都一脸怀疑，但上课发生的事为我的话背书。

那是英文课，座位和我有点距离的朋友 A 正在抄黑板笔记，但她突然尖叫一声站起。所有人的视线都集中在她身上，朋友A惊魂未定地看着自己的脚。

"刚才，有人抓我的脚。"

她说有人抓住她的脚踝用力拉。那只手，冷得令人打战。

"你是不是没睡醒啊？"

听了朋友A的话，老师笑了，四周同学跟老师一样。但她看了袜子内侧又尖叫起来。因为脚踝留下被人用力抓过后淡淡泛红的手印。

可是，那并不是幽灵搞鬼，那是我在上课时伸出的隐形手，抓住坐在位子上的她的脚踝。要是把我的手和她脚踝上的手印重叠，大小一定一模一样。虽说是念力，但我并不是任意操纵没有形体的能量。其实就像拉长我真正的双手一样，用透明的手打谁一巴掌，上面就会留下手印。

后来教室里继续发生无法解释的现象。上课时，有人突然耳朵被呵痒，也有人被拉头发。明明没人碰，笔却竖起来在笔记上写"救我、救我、救我"。还发生过黑板出现手印的事。

无数离奇事件以我那群好朋友为主不断发生。我伸长透明的手乱摸他们。他们很害怕，觉得有一只好冷的手在摸自己。我的念力伴随着热能交换，透明手臂所做的事也会反应在我有形的手臂上。透明手臂挡了什么，我的手臂也会感到冲击，若是碰到烧热的锅子，我的手也会被烫伤。上课时，我偷偷在桌子底下握住冰枕，就是冰在冷冻库里，发烧时用来放在额头上退烧的胶状物。我让自己有形的手变凉，再伸出透明的手摸朋友的脖子，于是就会发生热交换。透过透明的手，吸取朋友的热能，让他们的脖子觉得冰凉。

每次发生灵异现象，我就在教室里表情僵硬，喃喃地说"有鬼有鬼有鬼"，视线不和任何人接触，像个封闭心灵的少女般低头颤抖。一开始这样演还蛮好玩的，好朋友们会脸色苍白来找我商量。

"星野，怎么办？要怎么样这个现象才会平息？"

我一脸严肃地摇摇头。我不知道，但鬼魂的确在教室里住下来了，最好是等它自己消失，我给出这样的建议。这种感觉很痛快，我曾经在比他们更优越的位置吗？我得意忘形，一连演了好几天，结果朋友 A 常神情灰暗，后来就不来上学了。其他朋友也差不多，有的虽然来上学，却害怕教室，躲在保健室里。我做得太过火了，朋友们对无法解释的现象筋疲力尽，心力交瘁。我开始灵异现象的恶作剧一周后，好朋友都从教室里消失了。

我妈妈是家庭主妇，个性温婉，我觉得"天然呆"这个词才适合她。她视力不佳，平常都戴着眼镜，但洗脸忘记摘下眼镜就把水泼到脸上的事，发生过不止一两次。

"妈真是天然呆。"

"才不是呢！真没礼貌！"

妈妈边说边点眼药水，然后眼药水就滴在眼镜的镜片上。

有一天，我出公寓的电梯，打开自己家的门，正说"我回来了"，就觉得有人用力掐住我的脖子。只见妈妈叉腰站在走廊尽头，隔着眼镜瞪我。

"妈，别……"

我吃一惊，双手摸自己的脖子，想摆脱压迫我的力量。但我脖子上什么都没有，我知道脖子上有指痕陷进。

"学校的事我听说了。泉，是你搞的鬼对不对？！"

掐我脖子的是妈妈的透明手。就算想摆脱，但我的手指会穿过去，所以无法拉开。教室里发生灵异现象的事好像传进妈妈耳里了，她一定料到那是我用念力造成的。

"好啦！放开我！"

我咳嗽着说道，妈妈的念力才松开我的脖子。重获自由后，我松了一口气。但妈妈还是气冲冲的，双手环胸。她在这种状态下一步都没动，用念力抓住我的手用力拉。我毫无抵抗余地，被拉到客厅的沙发坐好。

"不要动粗！"

我猛然伸出我的透明手臂，推了数米之外妈妈的肩膀。妈妈颠了一下。"竟敢跟我动手！"妈妈才说完，我的头就啪一声受到震荡，像小时候那样被妈妈用念力打了。我按着头呻吟。如果有不明所以的第三者在场，妈妈看起来大概会是自己颠一下，然后我的头没来由地爆出啪的一声。谁也不会想到这么平凡的公寓里正发生一场超能力大战。

"闹鬼的恶作剧是你搞出来的吧？被人发现了怎么办？"

"我才不会被人发现！"

"你知道自己做了什么吗？万一大家知道这种能力……"

"我知道啦。"

妈妈的家族自古以来就有个规矩，念力的事要是被人知道了，就必须杀了那个人灭口。这对我们来说一点都不难。比方说，只要捏断主要血管就可以了。透明的手臂穿透物质照样可以运作。要在对方不知情的情况下扯断他体内的血管，比数学作业还简单。万一全班同学发现了我的念力……

万一真的发生了，所有亲戚都会得到消息，然后聚集人手，一夜之间把所有同学灭口。我就知道布置成天灾或意外而被灭掉的整个村子和城镇的例子。

明知如此，我还是忍不住做这种事，我多少有点想利用自己的能力让大家知道我的厉害。对了，即使念力被知道了，还有唯一例外可以不必杀死对方。那就是对方是配偶或配偶候选人。

爸爸下班回来，我们就开饭。大家围着餐厅的餐桌，妈妈向爸爸说起学校的灵异骚动。爸爸虽然没念力,但很清楚妈妈家族,也很清楚我有那种能力。爸爸骂了我一顿。

"泉,不可以在外面施展能力。若被知道了,后果非常严重。"

我很想看点无脑的综艺节目笑一笑,想开电视,遥控器却在好远的地方。原来在客厅的茶几上。我边吃炸鱼边伸长我的透明手操作遥控器,电视的画面亮起来。

"泉!现在在讨论正经大事!"

妈妈朝电视遥控器瞥一眼,画面突然暗掉。我再度发动念力打开电视,然后把遥控器藏到沙发底下。妈妈吃饭的手没停,但把遥控器从沙发底下拿出来。遥控器在家里四处飞来飞去,这情景爸爸早就看惯了,毫不在意地喝着啤酒看电视。

"这个我知道。上次亲戚聚会的时候,大家一起看的。"爸爸突然间说。

我中断和妈妈的遥控器争夺战,认真看起了电视。正在播放的综艺节目在介绍网络上造成话题的影片。大概是手机拍的,影片晃动得很厉害。据说这段影片被放到分享网站,全世界一共点阅了几百万次。

那是很神奇的影片,椅子轻飘飘地在室内凌空飞舞,而仰望着这个景象的白人宝宝也不受重力影响,飞到靠近天花板的地方,在空中翻滚一圈,坐进半空中的椅子。宝宝笑着享受空中游泳。超能力的事终于被全世界发现了吗?

节目的旁白说，这并不是真正的影片，而是在动画工作室工作的父亲，拿孩子的影片加工而成。

"搞半天是这么一回事啊。"

我懂了。换句话说，就是造假的。

"叫人家做这段影片的，就是你大舅公。他出钱请国外制作公司做的。"

"干吗没事做这个？"

"为了隐瞒世界上真有超能力者这个事实。这是要给一般大众，通过简单的技术就制造出这种影片的印象。"爸爸看着我继续说道，"比方说，泉施展超能力的时候被偷拍了。就算影片被放到分享网站，人们只会认为'反正是后天加工而成的嘛'，这样以后就不用再灭口了。"

电视画面上，宝宝还在玩空中游泳。我很傻眼，认为大舅公未免太爱操心，但后来多亏这段影片，我们的秘密才得以保全。

2

我已经不再搞灵异现象了，但好朋友们还是没有要回教室的迹象。不知不觉开始流传起我们班被诅咒的八卦，大家都说我们教室被惨遭杀害的少女幽灵占据了。大家说得太过严肃，我也越来越怕。

有个女老师在我们班上课的时候，身体不舒服。看到老师这样，同学就陆陆续续说自己很想吐。我也莫名想吐，认为这绝对是灵异事件。后来冷静下来，就知道这其实只是集体歇斯底里罢了。

每天都没人跟我说话。班上同学好像都很怕我，大家认为着一连串灵异现象的原因就是我。虽然百分之百是正确答案，但并不是我的念力被发现了。都怪我在搞出灵异现象的第一天，事先宣称自己有灵异体质。所有人都认为在教室赖着不走的幽灵是我带来的。

下课时间我几乎都在自己的位子上发呆。我觉得被人家喊天然呆、摸头，好像是几百年前的事了。我听到大家窃窃私语，知道大家都叫我通灵少女。通灵少女吗？我想这也……不错。我做出略带忧郁的神情看着窗外。

但话说回来，要怎么做才能让好朋友们恢复原状呢？他们不在，我在教室里就落单了，在班上完全被孤立。午休在教室里自己一个人吃饭让我觉得好悲惨，好难熬。我离开座位，决定到厕所吃。正当走在走廊上的时候，有人从后面追上来叫住我。

"星野同学！"

那是一个从没对话过的男同学，全身笼罩着阴郁的气氛，神色黯然。虽然同班，我却不知道他的名字。他是空气般没存在感的那群人之一。

"什么事？"

他的肩膀窄窄的，瘦瘦的、一副弱不禁风的样子。视线不肯和我交会，说话也不看我。

"星野同学，你有灵异体质对不对？"

"对啊。对不起，跟在我身上的幽灵好像很喜欢我们教室。"

"现在还在吗？"

"在啊。不过，我想很快就会不见了。"

"其实，我有事想拜托你。"

"拜托我？"

"能不能和我一起，那个，就是……"稍事犹豫后，"能不能和我一起唤召'钱仙'？"

"钱仙"这个词我有印象。我还记得小学读过给小朋友的鬼故事。这是降灵术的一种，召唤鬼魂，问它各种问题。

"为什么要找我？"

"因为你有灵异体质。'钱仙'的起源'桌灵转'规定要具通灵能力的人参加，请这样的人作为传达鬼魂意思的媒介。如果有灵异体质的星野同学肯一起，成功率一定很高。"

这位同学是对神秘学之类的有兴趣吗？所以他不像其他同学那样怕我，敢来跟我说话。我决定答应，因为难得有人需要我，感觉很棒。

"对了，你叫什么名字？"我问这位同学。

"莲见，莲花的莲，看得见的见。"他回答道。

这便是我与莲见惠一郎的相遇。

放学后，大家收拾好东西就离开教室了。只剩下我和莲见惠一郎，我们把两张桌子面对面并在一起，准备召唤"钱仙"。他拿出一张写有平假名五十音表的纸在桌上摊开。上面不止五十音，还有是／否、男／女、从零到九的数字，以及鸟居的简化记号。一开始好像是要把十日元硬币放在鸟居的位置。

"参加的人要把食指放在十日元硬币上。不要出力，呼唤'钱仙'，十日元硬币就会自己移动，回答我们的问题。"

莲见惠一郎解说完，就拿出钱包找零钱。但他好像找不到十日元硬币。"我去把钱找开"，他说完就要站起来。"不必了"，我从自己的钱包里拿出硬币放在鸟居上。那个十日元硬币很特别，上面的浮雕很奇怪。据朋友A说，那是"制造工序有误"。这种硬币很稀奇，所以我没用掉而拿来当护身符。既然是特别的十日元硬币，用在"钱仙"上一定也会有特别效用。准备完毕，窗外照进来的夕阳把教室染成橘色。莲见惠一郎垂眼看着十日元硬币，长长的睫毛落下影子。

"钱仙是什么？"我问他。

"一般说是狐狸的鬼魂,但也有人说是死去小孩的鬼魂。刚好在附近的鬼魂也会移动到十日元硬币上。如果在我们教室召唤钱仙……"

"在教室搞怪的幽灵就会回应?"

少年点点头,刘海缝隙中露出来的眼神很锐利,我渐渐紧张起来。外面传来的运动社团特训声渐渐远去,四周安静下来。"钱仙"是一种危险的游戏。也有小孩子召唤"钱仙"却被鬼魂附身,导致人格异常的传闻。但十日元硬币自行滑动的现象,科学上是可以解释的。我曾经在电视上看到解析,据说这是参加者的潜意识浮现出来,手指不自觉地移动硬币。因为不止一个参加者同时把食指放在十日元硬币上,一旦施力不均,感觉就会像硬币自己行动起来。当然,还是很多人相信这是鬼魂的回应,我也属于这一派。

但这次,我知道教室里并没有幽灵。

"莲见同学相信有幽灵吗?"

"嗯。我希望有。"

他突然露出温柔的神情,一注意到我的视线,便低下了头,把眼睛藏在垂下的刘海后。

"开始吧。对了,有一点要注意。手指绝对不可以中途离开硬币,鸟居记号是起点,也是终点,在十日元硬币回到这里前,食指都要在上面。"

"好。"

我们同时把食指放在十日元硬币上。我的指尖有一点点碰到了,他的手指细得像女孩。莲见惠一郎呼唤"钱仙"。

"钱仙,钱仙,请出来……"

……什么事都没发生。他重复召唤,我和他的指尖相抵放在硬币上。终于,十日元硬币毫无预兆就开始向旁边移动。我用手指用力把硬币压在桌面,但硬币还是照移不误。移移、移移移,滑动在五十音表纸上。我们屏气望着硬币移动,但其实是我用透明手臂偷偷移动硬币而已。

"你是谁?"莲见惠一郎向"钱仙"发问。

我一时想不出名字,就先说是女生好了,于是发动念力,把硬币移到写着"女"之处。

"你就是在教室捉弄大家的幽灵吗?"

我把硬币移到写着"是"的地方。

"年龄呢?你几岁?"

我依照顺序显示一、六。十六岁,和自己一样的年纪。

"你为什么会死?"

"我、不、知、道。"我一个字一个字地移动。

"有阴间吗?"

"是。"

我一直没说话,但脑子很忙碌地转动。我必须假扮成幽灵来思考怎么回答。他说，他希望幽灵存在。我决定扮演幽灵好成全他的梦。

"你现在也记得家人吗？"

"是。"

回家路上，我们一起走到车站。莲见惠一郎告诉我，三年前他因为交通事故失去妹妹，如果有阴间，他想知道妹妹在那里过着什么样的生活。在他说希望有幽灵的时候，夕阳的橘色中，他的表情显得无比温柔，大概想起了死去的妹妹。我们到车站时，天已经全黑了，路灯亮了，小钢珠店的霓虹灯开始闪烁。我们站在不会阻碍来往行人的地方说话。

"十日元硬币，我过一阵子再还你。"

"一定哦，那个是很特别的。"

莲见惠一郎说，召唤"钱仙"的硬币必须尽快用掉。如果一直带在身上，会给那个人招来厄运。这个说法很有名，他故意不用掉带在身上，目的就是想验证是否会发生灵异事件。

"如果我身上发生什么不好的事，就表示灵异现象真的存在。"

"的确可以这么说，所以你牺牲自己来做实验。"

"谢谢你今天答应临时陪我。多亏星野有灵异体质，我才能和教室的幽灵沟通。"

"我也吓一跳，没想到十日元硬币会自己动起来。不知道会不会因为金额不同移动也会不一样？要是用五百日元硬币，搞不好会动得很快。"

我竖起食指，做出五百日元硬币以电光石火的速度移动的样子。莲见惠一郎默默地望着我。我干咳一声，从书包里拿出定期车票，向他挥挥手，过收票口踏上归途。

我成了有名的通灵少女。别班的同学会把我叫出去，请我看几张灵异照片，要我判定是不是真的。"全部都是真的，感觉得到鬼魂的怨念。"我一脸严肃地说，顺便当场伸出透明手臂制造灵异现象，像明明没人碰到的椅子却动了，黑板上出现无数手印，看大家尖叫，我以此为乐。

一次，一群三年级的男生叫我出去，把我带到一间教室。他们让我看一个旧木箱。外面贴着好几张符，把盖子打开后，里面装着日本人偶。他们问我这个人偶怎么样，我回答"这是被诅咒的人偶"，还说"上面有小时候就死去的少女鬼魂"。但在场的那群男生听到我的回答，就开始大笑起来。他们的代表推着眼镜说道：

"星野同学，那是不可能的。这个人偶是我们前几天买回来的。我们故意把衣服和木箱弄脏，贴上符，让东西看起来很旧。我们是科学社的，可不能让人相信世界上真有幽灵。现在就证明了你根本没有通灵能力。"

原来这是陷阱，他们设计了我，但我当然不能被他们吓下到。

"一定是在店里的时候被鬼魂附身。我想你们买下来的时候，这个娃娃就被诅咒了。因为，你们看。"

我指着桌上的木箱。他们的视线往那里看，所有人都大吃一惊。因为木箱是空的，本来应该躺在里面的人偶不见了。

这时候，代表他们说话的男生尖叫起来。娃娃头的少女人偶不就正攀着他的腿吗？他想把人偶甩开，但人偶还是紧紧黏住他，双手抱住他的腿，头开始左右猛摇，头发乱晃。这当然不是灵异现象，全是我用念力造成的，但我这通灵少女的存在感因而越来越有分量。

星野身边又发生灵异现象了。只要有人这么说，莲见惠一郎就会来问。我们在教室里交谈的频率增加了。他是文静的少年，我说话的时候他都不会半路插话，会把我的话听完。如果我说到一半脑筋混乱停下，他也会等我把思绪整理好，有时还会帮我引出我想说的话。和他说话，会觉得"对对对，我就是想说这个啦！"，整个人神清气爽。

但和我那群好朋友说话就不会这样。要是我说到一半结巴，或是用一些奇怪的形容词，他们照例都会打断吐槽我。对大家来说，重要的是能靠我说话来炒热场面，而不是我说什么吧。他们认为我说话一定会出差错，每次都在等我出错，所以我在说话的时候都会紧张。一直到现在才发现，也许因为无法把心里想的好好说完,才会觉得有压力吧。

一次下课,莲见惠一郎站在走廊的窗户旁。我走到他旁边,好奇他在看什么,原来是一只蜘蛛正忙着织网。他好像正在观察蜘蛛如何织网。

"莲见同学,有没有人说过你是天然呆?常有人这么说我,可是你也有天然呆之处呢。"

"这种事自己不会知道啊。星野同学觉得自己很呆吗?"

莲见惠一郎侧眼看我。他不高,和矮个子的我差不多,跟其他男生相比,简直像初中生。

"别人说我天然呆,我会觉得,哦,原来我是这样啊。"

"贴上那样的标签,对人类来说比较容易交流。"

"标签?"

"就和贴在商品上的标签一样。用一个词来将人的性质加以分类,就叫作贴标签。这么做,可以把对象简化,将事物简化,就能理解复杂的世界。虽然也可能会偏离本质,但也可能成为交谈的开端不是吗?像血型性格分析之类骗人的东西也是。"

"那是骗人的?"

"没有根据啊。"

"我是 B 型,人家都说我行我素,自由奔放。"

"把人分成四种类型,就会让人觉得好像比较能了解对方。'天然呆'这个字眼也一样。星野泉这个人被分配到天然呆这个框框里,所以在人际关系上的位置就很明确。就算不知道如何对待星野泉这个人,但如果是对待一个天然呆的人,电视综艺节目都有演,大家或多或少都知道吧。"

蜘蛛网在窗边慢慢变大。迎着光白白地闪耀着,在风中像敏感的天线般微微颤动。这张网还没完成,上课钟就响了,我们回到教室。

数学课时,我像平常一样拉老师眼镜的时候,警铃响了。是避难训练。全校学生都要到操场上集合,还要点名。我们离开教室开始移动。下楼梯时,事情发生了,一个把推挤别人当恶作剧的不良学生,撞了莲见惠一郎的背。

我在离他有一点距离的地方看到他踩空楼梯的一瞬间。他会掉下去!我赶紧伸出透明的手,抓住莲见惠一郎的手。我用力握住,拉住他不让他往下掉。我双脚必须用力站稳,因为他整个人通过透明手臂都挂在了我身上。

像握手般,他也回握住透明手臂。四周的人应该仅看到他在右手拉得笔直的状态下重新站稳,抓住楼梯扶手,幸好没怎么样。不良学生随口向莲见惠一郎道个歉就下楼了。

我缩回透明的手走向他。他还是抓着扶手,一脸惊讶地看着自己的手。大概是触感还留在手心,因为我的手也是这样。紧紧握住的力道及体温,通过透明手臂传到我身上。但这件事不能让他知道。我把手放在身后说:

"是幽灵，我看到她救了莲见同学。"

莲见惠一郎点点头，环顾四周。他在找根本不存在的幽灵。楼梯上只剩下我和他了，远远地传来避难训练的喧哗声。

"今天是我最高兴的一天。没想到竟然能和幽灵握手。"他看着我笑了。我突然一阵心痛，别开脸。

"快走吧，会赶不上的。"

"嗯。"

我会见到他踩空楼梯的那一瞬间，还能及时伸手救他，一定是因为我的视线下意识追随着他。我边下楼边想，自己是不是对他有好感？就是一般人称为恋爱的那种感情。不，我不知道。尽管我不敢确定，但我心中有近似的情感。

3

校方大概正视了一再出现的灵异现象，趁着假日请人来驱邪，以盛盐和御神酒来净化校舍。

"幽灵消失了吗？还是还在？"几个同学来找有通灵少女之称的我问道。

"幽灵已经不在了，应该不会再发生灵异现象了。"我回答道。因为我判断，最好不要再扮演通灵少女了。

幽灵已经不在的事一传开，经常请假的好朋友们就陆陆续续重回学校。一开始他们还一脸尴尬地与我保持距离。我明白他们的心情,毕竟他们精神衰弱到不敢来上学,而造成这一切的幽灵却是我带来的。要立刻重建原有的关系一定很难吧。虽然我有些担心,但第二天大家就像以前那样谈笑。十人左右的老面孔聚在一起,围着座位说起电视节目和明星艺人。下课时间我也不会落单,总是有哪个好朋友会跟我说话。很会说话的朋友照常说着逗趣的话,让我度过热闹又充满能量的时光。

"原来真的有幽灵啊。"

"真的好恐怖喔,我差点就哭出来了。"

被幽灵抓住脚的朋友 A 并没有忘记这些。我不敢向她承认灵异现象是我自导自演,因为要解释就必须说明念力。所以我含糊地道歉。

"大家,真对不起。都是我害的,真的很对不起大家。"

为了庆祝大家重回校园,我们一群人一起出去打保龄球、唱歌、到游乐中心玩。我们一直玩到筋疲力尽,最后在家庭餐厅聊天。我说起大家不在的时期,我以通灵少女的身份为同学们鉴定灵异照片,跟班上男同学召唤"钱仙"。我自以为在说很有趣的事,但对于灵异事件已产生阴影的大家却表情严肃,开始认真担心起莲见惠一郎,因为他身上带着我用来召唤"钱仙"的十日元硬币护身符。

"他真的不会有事吗?"

"话说,他是谁啊?莲见惠一郎?我们班上有这个人吗?"

"要是他是只有星野才看得到的幽灵呢?"

"吓死人了!"

"你们呢?没来学校的时候,都在家里干吗?"我问。

有人猫起来听音乐,有人和父亲钓鱼,也有人认真念书。长得漂亮又个性温婉的朋友B回答:"我请假在家时,在做内裤吃。"我大吃一惊。

"咦?吃了内裤?为什么?为什么你会想吃那种东西?"

我吃惊之下,声音大到全餐厅都听得见。在场所有人都傻住了,众人盯着我。朋友B羞红脸低下头。平常老是把我当小孩,摸我头的帅哥藤川冷静地说:

"不是在做内裤吃,人家是说'在做面包吃',意思是把高筋面粉和酵母粉用热水和在一起,发酵后醒面切开定形,再拿去烤成面包。从前后言听也知道啊。"

于是又回到拿我的天然呆做文章的模式。在我们这个好朋友的圈子里,大家各有各的角色。有主持人般带动气氛的,也有负责在谁说什么好笑的话时吐槽的,简直就像在录综艺节目。朋友A以机灵的发言辅助谈话。漂亮又温婉的朋友B只要面带笑容就好。我的角色则是说些有点牛头不对马嘴的话炒热气氛。

"大家在我身上贴了天然呆这个标签,这一点大家有意识到吗?"

我一这么说，一个爱闹的男生就开起了玩笑：

"意识到、贴标签，天然呆、星野泉。"

"不要拿来唱Rap！"

根本说不下去。就算我说了什么有学问的话，也没有人当一回事。绝大多数的时候，即使这样也很开心。我扮演天然呆的角色，我想珍惜与大家同在的时刻，为了和大家在一起而演出，说起来就像乐团合奏。可是，每当和大家说再见，自己一个人搭电车的时候，就会累得叹气。大概因为被圈在天然呆这个框框里，还是会让我觉得少了什么吧。在电车上我闭上眼睛，想起莲见惠一郎。想起食指放在硬币上的那时候，想起看着窗边蜘蛛网的宁静时光。

好朋友圈子里的大家一重回学校生活，我和莲见惠一郎交谈的频率骤减。但我们已经交换了手机号码，所以经常找理由发短信联系。我想和他说话，他则是想找我召唤"钱仙"。有一天放学后，我们约在图书馆碰面。

"我和初中同学一起召过'钱仙'，可是十日元硬币就不像和星野同学一起的时候那样动。"

"我想也是。"

"那天很可能是受到星野同学通灵能力的吸引，鬼魂才肯帮助我们。"

莲见惠一郎很认真地一心想着幽灵的事。就算面对面坐着，他好像也看不到我，一直试图想看到阴间。其实我也会落寞。

"我想请你再和我一起召唤'钱仙'。"

"今天吗？可以呀，在哪里？"

"如果你愿意到我家就太好了。"

我们离开学校前往他家，他说走路要十五分钟。在他的带领下，我们走进古色古香独栋房子林立的区域。那里有神社，有石梯，有野猫穿梭的小巷。我们穿过竹林经过地藏菩萨前，在夕阳西垂的天空下，一起结伴而行。

他突然邀我到他家，我还没有做好心理准备，一颗心定不下来。可是，他有非在他家召唤"钱仙"不可的理由。

"我想在我妹妹的房间试试看。搞不好，我妹妹的灵魂愿意回答。"

他妹妹名叫莲见华，九岁就去世了，在母亲的面前被大卡车碾死。妹妹的死似乎一直是莲见惠一郎心头的伤，他很挂念妹妹，想知道她在阴间是不是过得很幸福。我准备配合他。虽然于心不安，但还是装作他妹妹来移动十日元硬币回答他吧。这么做，他心头的伤也许可以稍稍愈合。可是，这么做真的好吗？我骗他说妹妹的灵魂真的存在，那么在他面前我就必须永远扮演通灵少女。怎么办？还是应该算了？在去他家的路上，我的心一直摇摆不定。但结果，那天召唤"钱仙"的事中止了。

我们来到莲见家门前。那是一户仿佛自古就在那里的和式人家。有着瓦片屋顶，门是拉门。外圈全是石墙，荒芜的庭院非常宽敞，里面停了两辆车。其中一辆是黑色轿车，看到那辆车，莲见惠一郎一脸讶异。只见他皱起眉头，露出有些迟疑的神情说：

"星野同学，抱歉，今天还是算了。"

"为什么？"

"那是我们认识的医生的车。"

"医生？医生的车怎么会来？"

"我妈妈有点问题……"

他母亲自从亲眼看见女儿惨死，心里就不平静。平常没问题，但每个月恐慌症会发作几次。认识的医生车在，就表示今天可能就是那样的日子。他如此解释道。

"那我还是回去好了。"

"抱歉，你都来到我家了。"

我的心还没有坚强到能和这种状态下的伯母见面。他说要送我到车站，但我拒绝了。

"我认得路。莲见同学，你还是赶快去陪你妈妈吧。拜拜，学校见！"

他过意不去地点点头，走向家门。我一直看着他的背影，直到他走进屋里。和同年的男生相比，他的背影很小。瘦弱得像初中生，压在他肩上的命运显得更沉重残酷。

我和莲见惠一郎在走廊上交谈，或两个人结伴走在校外，好朋友圈子的人都看到这些画面了。

"他有什么好的？"帅哥藤川问。

"要你管。"我回答。

"是喔。"藤川很不高兴地说。

后来朋友A传简讯告诉我，藤川对我有点意思。我根本没想过，所以很惊讶。朋友A认为他不高兴，是因为我被别的男生抢走了。但冷静想想，我觉得这是不可能的，一定是爱看少女漫画的朋友A想太多了。

事情发生在周末。那天是外婆往生一年的忌日，所以亲戚要在大舅公家聚会。我们坐爸爸开的车，车程约一小时。车子开向郊外，驶进山路。雨刷频频刷掉打在挡风玻璃上的雨。我应该在出发前把手机充好电的，在车上读短信时，发现电池快没电了。

大舅公家是铲平山林盖出来的。宽广的庭院里有大得能停好几辆观光巴士的停车场，已经停了许多亲戚的车了。一按设在门上的对讲机，阿姨就出来招呼。从大门到主屋这段路上，我们撑着伞边走边欣赏和风庭园。

一进屋，亲戚的小朋友发现我就跑过来。

"哇！泉姐姐！"

"跟我们玩！"

小朋友们猛往我身上扑。势道太猛我没站稳，屁股就碰到玄关一个很气派的摆饰。我记得那东西价值好几百万日元，眼看着它倒下来就要掉到地上，却稳稳停住了。阿姨发动了念力，我从她转动眼珠能看出来，东西被垂直摆好。

"好了！你们几个！小心一点！"

一挨骂，小朋友们大喊"快逃！"便飞走了。我说飞走并不是比喻，他们真的是身体离地在地板上滑也似移动。体重很轻时，透明的手可以支撑自己的身体凌空而行。我小时候常这么做。

我们拜过外婆的牌位，在大舅公他们的宴席一角享用餐点。榻榻米大宴会厅里摆了长桌，上面摆满寿司、炸鸡、卤菜。妈妈和阿姨们忙着整理空盘、注意酒杯是不是空了。在大宴会厅和厨房来回行走时，妈妈那边的亲戚因为可以用透明的手端托盘，所以运送量是两倍。但由于手臂承受的重量也是两倍，除非真的很忙，否则谁也不会这么做。

结婚几年的亲戚姐姐也来了。她怀孕了，肚子圆鼓鼓，好像快撑破似的。妈妈和阿姨她们去看姐姐的肚子。

"泉，你也来请姐姐给你摸摸看呀！"

妈妈招手叫我。我得到亲戚姐姐的同意，伸出透明的手。

亲戚姐姐的肚子活像西瓜一般，上面是一层薄薄的衣服，我的透明手轻轻抚摸那颗球。在子宫里睡得迷迷糊糊的胎儿类似手一般的东西轻轻摸到我的指尖。我的食指感觉到胎儿小手的触感和温度，好感动。

"害喜呢？都好了？"

妈妈问亲戚姐姐。

"都好了。但实在很皮，做菜更要特别小心。" 她摸着肚子说。

在肚子里的宝宝也能使用念力，他会伸出透明的手到处乱碰母亲身边的东西，我们把这叫作宝宝的调皮。因为没力气，所以宝宝无法以念力移动物品。但像做菜的时候，就必须小心不让肚子里的胎儿碰到热锅；坐电车也要格外小心，免得让人以为有色狼而害身边的上班族蒙上不白之冤。

喝醉的大舅公跑过来，一屁股坐在旁边。大舅公是留着白胡子的健壮老人，人虽瘦，却是大胃王，酒喝得比谁都多。

"我瞧瞧，让我摸摸宝宝。"

大舅公一脸色相这么说，阿姨们便挡在前面保护亲戚姐姐。照规矩，只有女性才能把手伸进子宫摸胎儿。

逃过大舅公的魔爪，我和亲戚姐姐坐在廊檐下。廊檐可以眺望被雨打湿的和风庭园。绿意比平常更浓，池面涟漪出现又消失，水滴从屋檐滴落，湿湿的风吹在脸颊上好舒服。

"姐姐和他在哪里认识的？"

大宴会厅里，有个年轻男子被灌醉了。那就是亲戚姐姐的先生。

"我们是同事，他是魔术迷。"

"魔术迷？"

"在公司的忘年会上啊，我表演了魔术。我让啤酒瓶和杯子飘浮在半空中倒酒。这件事，你千万不可以告诉别人哦。"

那恐怕不是魔术，是利用透明的手吧。

"反应热烈极了。我一时得意忘形，又隔空帮上司打领带，这招博得满堂彩。我从来没像那时候那么庆幸自己有念力。虽然说要是被拆穿了，很可能要把所有人灭口就是。不过，先不管这个，他也要表演他自豪的魔术。"

她的表演太过精彩，他的就相形失色。自称魔术迷的他很受伤，跪在她面前请她收他当徒弟。这个职场还真有趣。

"然后，又发生一些事，被他知道我表演的其实根本不是魔术，所以不得不向他招认我有超能力，所以我们就结婚了。"

"所以是姐姐保护了他。"

不被灭口的唯一办法，就是成为配偶。

"没有啊。我想无论他知不知道，结果都不会变。不如说，我大概是直觉这个人值得嫁才招认的吧。"

"说出秘密是什么感觉？"

"感觉很棒哦。可以在对方面前当真正的自己。"

"好好喔。"

有这种能力也不能向别人炫耀。不仅不能,身怀秘密这种事,还会在自己与他人之间筑起一道墙。无论交到再要好的朋友,都会觉得这个人并不了解自己的一切,所以我才不要这种能力,真希望生在一般家族里。

这时候,小朋友们从走廊另一头飞过来,一个个抱住我的脖子。他们吵着"跟我玩!跟我玩!",我只好中断和亲戚姐姐的谈话。

和小朋友们玩一玩,时间就过去了。傍晚,亲戚都要回去了。我和爸爸妈妈向大舅公打过招呼,踏上归途。爸爸喝了酒,回程由妈妈开车。妈妈平常很少开车,想开雨刷却打起方向灯。

在山路上缓缓而行,我的手机收到一封短信。是莲见惠一郎发的。但内容让我百思不解。

星野同学也去约好的地方会合吗?
因为下雨,我会迟到一下。
我不知道如何联系你朋友,可以请你帮我转达吗?

莲见惠一郎

这封短信在说什么?我们有约吗?不对,我一点印象都没有,重读过去的短信也完全没提到这件事。我在车子的后座和手机屏幕干瞪眼。在蜿蜒的山路上这么做,害我晕车有点想吐。我发短信询问莲见惠一郎,才知道事情的缘由。

今天中午有一个自称我朋友的人来约莲见惠一郎出去。她打电话到莲见家,说有要事相谈,想尽快见面,并约好傍晚六点在车站大楼碰面。但我完全没头绪,莲见惠一郎会不会被骗了?

妈妈小心翼翼地开着车走在山路上,每次遇到转弯,身子一下向右偏,一下向左偏。我打好给莲见惠一郎的短信,叫他不要去。正要发出去,屏幕变暗了,电池没电了。怎么这么不巧,我整个人都呆掉了。

"妈,可不可以把我放在车站?晚上六点到得了吗?"我问驾驶座的妈妈。

"六点?我看有点难哦。"

雨刷忽左忽右忙忙碌碌地动来动去,看得我好心急。我又没带车充线。莲见惠一郎很可能依照那通电话的指示到车站。我有不好的预感。

4

撑着伞的行人在车站前的十字路口来来去去。车流量很大,妈妈紧张地握着方向盘。

虽然还不到这个季节的日落时间，但因为天空被雨云遮蔽，光线昏暗。我向爸妈解释临时必须在车站前和朋友碰面。时间已经超过六点了，我请妈妈在车站大楼的入口附近靠边停下。

"这个你带去。"

坐在前座的爸爸把伞借给我。

"不要弄到太晚哦！"

妈妈开车走了。后车灯渐渐远离，驶入车阵。

我走进车站大楼寻找莲见惠一郎。因为不知道他被叫去的详细地点，除了到处寻找没别的办法。车站大楼是三层楼建筑，一楼是超市，二、三楼是百货服饰。但冷静下来一想，事情有这么严重吗？我停止跑步，开始走着寻找他的身影。

莲见惠一郎的确被人叫出来了。虽然不知道是谁为什么这么做，但搞不好只是小小的恶作剧。把人约出来却根本没人出现，让莲见惠一郎空等一场的那种。若是如此，我就不必那么着急了。

楼梯没什么人走，总是静悄悄的。大家几乎都搭手扶梯在楼层间移动。我找完二楼，到位在后方的楼梯时，往下注意到楼梯转角平台那里，有一名体格非常瘦小的少年，他是穿便服的莲见惠一郎。但他不是一个人，三个小混混围着他。也许这样是给他们贴上小混混的标签，但那几个人的穿着打扮很吓人，完全是分类典型，他们就是不良少年。染过的头发，配色夸大花哨的服装，威吓众人的站姿，如果用小混混这个字眼进行图片搜索，搜索结果大概就是他们三个人。他们把莲见惠一郎逼到墙边。我不知道这到底是什么状况，但气氛很可怕。

"莲见同学！"

我从二楼叫喊。莲见惠一郎抬头发现我，脸色沉下。那是种最不想被人看见的场面却被我撞见的尴尬神情。

"星野同学……"

"你遇上什么麻烦吗？"

"嗯，算是吧。他们正要抢我的钱包。"

"原来你还有心情这么冷静地说明现况啊"，我虽然这么想，但他额头冒着汗。那些小混混个子很高，在他们围绕下靠着墙的莲见惠一郎，简直像一只被三头老虎逼得走投无路的小老鼠。

但有一件事更让我觉得奇怪。莲见惠一郎说出我的名字时，那些小混混互相交换眼色，露出该怎么办的神情。会不会他们早就知道我的名字？他们并不是碰巧经过这里。会不会和自称我朋友而把莲见惠一郎叫出来的人有关？

先说结论好了，我的推测没错。后来才知道，他们很可能受雇于人。应该是有人通知这三个小混混，要他们这个时间和地点找莲见麻烦，给他好看。

"藤川啦。一定是他安排的。"朋友 A 后来发这样的短信给我。真假姑且不论。

"那个……"我怯怯地朝楼梯平台说。

必须设法脱离这些小混混的包围。他们回头看我,莲见惠一郎趁这个机会悄悄贴着墙移动,想离开他们。

"慢着,事情还没完。"

一个小混混抓住莲见惠一郎的肩膀。他露出很痛的表情。

"我们找他有事,你闪开。"小混混对我说。

"放开我。"

莲见惠一郎甩开那只手。其中一个小混混仿佛不能容许他反抗的态度,抓住莲见惠一郎的领口威吓他。我很害怕,想赶快离开这里。旁往边一看,墙上有火灾警报器就了按下去。

一按下按钮,震耳欲聋的警报声便响彻整座大楼。

"趁现在!"

我一大喊,莲见惠一郎一点头,便跑上楼梯。小混混们因为警报器分神,但立刻就想把莲见惠一郎追回。我伸出透明手臂,绊了抢先的那个流氓的脚。他腿一软,跟跄一下往前扑。第一个都这样了,跟在后面的两个顺势被堵住,无法立刻追上来。

我们跑过二楼。这里挤满小小的店家。因为警报器一直响,客人和店员都站在通道上四处张望,想知道发生了什么事。我边跑边看后面,那三个小混混追过来了。每经过一家服饰店,我就用念力把衣架拉到他们面前。虽然对不起店家，但小混混闪不过突然滑到眼前的衣架，全部撞上跌倒。我们则争取时间，拉开距离。

我们推开行人跑下手扶梯，在一楼的超市里狂奔。怕被人群冲散，不知不觉就牵起手。我们躲在货架后观察情况，他们也来到一楼分头寻找我们，看起来很生气。我们想逃到外面，却半路就被发现了。

"找到了！"

其中一个朝我们跑来。他旁边就堆着一座特价罐头小山。我伸长透明的手，用力把罐头推倒。横向突然飞过来的几个罐头打中他头部。其他的罐头也倒了，滚落在吃痛的那家伙脚下。

对于另外两个从别的方向赶过来的家伙，我则是推附近的购物车撞向他们。闪过一车，又有另一车滑来。店里的购物车像从四面八方飞来的陨石般朝他们身边集中，把他们困在那里。超市的客人和店员对警报声、小混混的斥骂声、罐头山倒下声，以及自行滑动的购物车不知所措。

我们从超市后方来到车站大楼通道。这个出入口在车站售票口反方向，很少有人走。有一道沉重的玻璃门，我和莲见惠一郎穿过那道门总算来到外面。雨滴从空中落下，我的一只手一直紧握着雨伞，却抖得撑不开伞面。绊倒流氓的触感还留在手上。我好不容易撑开伞，和莲见惠一郎靠在一起躲在伞底下。

身后传来声音,他们三个正全速在车站大楼的通道上奔跑。玻璃门敞开,他们一定打算像火箭一样从那里冲出来抓我们。但就在他们要出来时,我伸出透明的手用力关上厚厚的玻璃门。玻璃门很坚固。因为他们整个人撞上去也没坏。

趁他们痛得哀叫,我们跑到行人很多的十字路口。混进撑着伞的行人中,总算放心喘一口气。

湿湿的路面反射了路灯的白光。雨滴打在爸爸借给我的黑色绅士伞上,啪喊啪喊的声响很像烟火的声音。莲见惠一郎不可思议地望着自己的手心,是刚才一直和我牵在一起的那只手。我当着他的面闯下大祸了,又不能告诉他念力的事,这次也说是幽灵好了。

"原来,根本没有幽灵啊。"可是,他却突然说道。

他忽地停下脚步,肩膀露在雨伞遮蔽的范围外。

"避难训练那天,不是幽灵在楼梯上拉住差点跌下去的我,足星野同学,因为手的触感是一样的。"

那天晚上,我发短信和朋友 A 商量。她怀疑幕后黑手是好朋友圈子里的帅哥藤川。藤川交游广阔,也认识他校的小混混。然后,因为他对我有意思而嫉妒莲见惠一郎(这是朋友 A 少女漫画看太多的幻想)。藤川大概找认识的女生假装是我朋友,打电话到莲见惠一郎家把他约出来,准备教训他泄愤。"可是拿这件事质问藤川不是上策。"朋友A在短信里这样写。在朋友圈子里，藤川的影响力很大。他总是圈子的中心，和他敌对恐怕就无法再待在圈子里了。

可是，我没有朋友A那么理性。第二天早上，我一在教室看到藤川就跑过去，用旁边的椅子当脚踏板，跳起来打他的头。已经来学校的朋友A一副呆滞的表情看着我的动作。

"你干吗啦！"

藤川摸着头低头看我。

"是你吗？"

"啥？"

"昨天的事！"

"什么昨天的事？见鬼了，我哪儿知道。"

藤川一脸惊愕地看着我。

他在装蒜吗？还是真不知道？我无法判断。我说出昨天的事，藤川双手环胸闭上眼睛，转了一圈脖子。然后，他朝着朋友A说：

"是你搞的鬼吧。"

被藤川点名，朋友A显得很惊慌。我正吃惊的时候，莲见惠一郎进了教室。他朝我看一眼，微微点个头，就走向自己的位子。

"莲见同学。"叫住他的是藤川，"钱包能不能借看一下？"

"为什么?"

莲见惠一郎很讶异。他们两个恐怕连话都没说过,难怪他会提防。

"你那里不是有一个星野的十日元硬币吗,就是召唤'钱仙'那个。那天的事,我听星野说了。那时候的十日元硬币能不能借看一下?我想确认一件事。"藤川说。

莲见惠一郎朝我看一眼。我点头,他便从钱包里拿出十日元硬币递给藤川。藤川用指尖夹住硬币,前前后后仔细察看。他回头对朋友A说:

"你想要的就是这个吧。你叫小混混打人,就是要连钱包一起把这个抢到手吧。"

我拿来当护身符的十日元硬币有铸造错误的痕迹。藤川是在游乐场捡到我钱包的时候得知的。他跑到自动贩卖机想买果汁,碰巧发现那枚硬币。

"那时我没在意,不过上次电视节目有播,说这种变体币很值钱。"

我的十日元硬币上,没有正面应该有的平等院凤凰堂*,而是两面都像镜像般刻着"10"这个数字。藤川说这是一种叫作错打的变体币。制造十日元硬币时,前一枚硬币没从压模机上

---

* 日本十日元硬币上的图案。——译者注

掉下来，还在上面就直接压在下一枚硬币上。变体币在收藏家间是以几十万日元在交易的。几十万日元？我好惊讶。

藤川说朋友 A 应该是发现那枚硬币的价值。我掉钱包时只有她那么好心地帮我找，恐怕就是这个缘故。

"八成想找机会据为己有吧？"

但我用那枚十日元硬币来召唤钱仙，借给莲见惠一郎，目标就变成他的钱包了。

"哦，可是，你有证据吗？"朋友 A 傻眼地说。

"没有，你叫我去哪里找，这些全都是我的想象。"

"你想象力太丰富了。"

藤川耸耸肩，他将难得一见的十日元硬币还给莲见，然后转向我，在我头上乱搓一把。

"这是你刚打我头的惩罚！"

"住手！"

我一骂，帅哥藤川便跑到别的男生那里了，然后又像平常一样，朋友圈子愉快地笑闹起来。朋友 A 也一起，以机灵的话语让场面更愉快。聊得热络时，她看我一眼，露出微笑。我觉得背上一凉，感到一阵寒意。

"你们刚才在说什么？"

莲见惠一郎歪着头问。他要把十日元硬币放回钱包，我整理思绪，确认一个事实。

"莲见同学！那十日元，还、还我！"

放学后，我到莲见家拜访。门是拉门式，硬泥地上有鞋子。我很紧张地见了他妈妈。

他妈妈是个具纤细气质的美人。皮肤好白，长长的睫毛在眼角落下影子。

"惠一郎，你回来了。"

"妈，我回来了。"

她握起儿子的手，简直就像戏里一幕。莲见惠一郎向母亲介绍我。

"这位是星野泉同学。"

我行一礼。他妈妈似乎有点提防。

"伯母好。"

"你好，星野同学。"

我脱了鞋，在玄关摆好。莲见惠一郎带我到他房间，我们一起看了他收藏的灵异照片。有些看起来像合成的，有些看起来很恐怖。不过他房间整理得好干净，和我被爸妈称为魔境的房间形成对比。伯母为我们送上红茶和切片蛋糕卷时，注意到我面前摊开的灵异照片，他妈妈担心地说：

"你不会怕那些吗？"

"不会。而且，我有一点点灵异能力。"

"灵异能力？"

"我平常看得见。"

我和莲见惠一郎对看一眼。我已经向他招认自己没通灵能力了,但今天是设定成有的日子。伯母离开后,我请莲见惠一郎用计算机帮我查一件事,在网络上搜寻十日元变体币的行情。在拍卖网站上,我的十日元硬币的确可以标价数十万日元。我们两个研究如何上网拍卖,就这样过了一个钟头。

我借用洗手间。洗完手来到走廊,窗外照进来的夕阳让整面墙发出橘红色光芒,整个家充满沉静的气氛。在回莲见惠一郎房间的路上,我发现他妹妹的房间,入口的拉门打开着。我停下来,往房里看。榻榻米房里只有一张书桌和衣柜。夕阳从挂在窗上的窗帘布上透出,书桌上放着她生前用过的小学生书包和装有全家福照片的相框。

走廊的地板响起脚步声朝我靠近。伯母的声音从背后响起。

"华的事,惠一郎告诉你了?"我点点头。

"九岁的时候,因为意外……"

伯母站在我旁边看着女儿的房间,雪白的脸庞宛如虚幻的睡莲。让我忍不住想,因为姓氏里有莲这个字吗。眼睁睁看着女儿被压死,从此她的心就常常失去平衡。莲见惠一郎会相信灵异现象也与妹妹的死有关。他希望莲见华的灵魂并没在当天完全消灭,至今仍在人世,即使只是一小块碎片也好。但也许他是为了母亲才这么希望的。

我做一个深呼吸，装作脚步不稳，踏进莲见华的房间。我站在房间正中央，举目四顾。

"怎么啦？没事吧？"伯母疑惑地问我。

这时候，房间的窗帘微微摇晃。窗户关起来，明明不可能有风吹进，窗帘却像波浪般起伏。伯母注意到了，出现倒抽一口气的表情。我按住胸口，故意喘气。

"就在，附近。"

伯母以发问的眼神望着我。我朝书桌上的书包看去。

"刚才，有个女孩在这里。"

啪的一声，相框自行倒下。我走过去，重新摆好。那张照片看来是旅行时拍的，是父母与两兄妹的合照。莲见华是名长得很像母亲的少女。

伯母在房门口屏着气注视着我的一举一动。她在努力了解现在正发生着什么。我走到她身边，牵起她的手。她的手连指尖都是冰冷的。她虽然很害怕，却没甩开我的手。我一拉，就跟我进了房间。

"请坐在这里。"

我请伯母在书桌的椅子上坐下。她坐下来抬头看我。我把双手放在她肩上，安抚她。

"我听得到声音，去世的人的声音。"

伯母穿着领口敞开的衣服。看到她消瘦而突出的锁骨，我很不舍。当面失去女儿,会有有多大的悲恸施加在她的骨骼上呢。伯母的手叠在我放在她肩头的手上。

这时候,衣橱里传来一阵怪声。好像有人躲在那里,是用指甲从衣橱里抓门的声音。

"惠一郎?"伯母叫道。

大概以为儿子躲在那里。当然不是。走廊上传来脚步声,莲见惠一郎出现在房间门口。见到坐在椅子上的母亲和把手放在她肩上的我,觉得很奇怪。

"现在是什么状况?"

这段时间,衣橱里还是发出声音。除了刮东西的声音,甚至还有挂着衣服的衣架摇晃声。我走到衣橱那里,胆战心惊地打开门。伯母倒抽一口气,里面没有人,只有莲见华的衣服。声音停了,但衣服还在摇晃。

我往衣橱深处看,发挥想象力。勾勒出女孩抱着膝盖躲在那里捉迷藏的样子。我像要配合她的视线高度般蹲下,弯着身子,呼唤我想象出来的女孩:

"你好。你怎么躲在这里呢?"

莲见华,她就在这里,我这样暗示自己。因交通事故当场死亡而离开人世的少女,在相框里展露笑颜的少女,她就抱着膝盖坐在衣橱里,有话对我说。我竖起耳朵倾听。

"嗯,我明白了。我会转告的,所以,你不用再担心了。"

我点点头,莲见华便站起来。

啪的一声,窗上的月牙锁开了。窗户猛然打开,风吹进来,扬起窗帘。伯母尖叫起来。莲见惠一郎也吓了一跳。两人仿佛被莲见华的幽灵摸了手般,望着自己的右手。我所想象的莲见华微微一笑,消失在窗外,化在风中,飞往天空的彼端。

我吁一口气,当场坐倒,就像紧张解除后的全身虚脱。

莲见惠一郎扶着我到餐厅。我们三个人围着餐桌喝热茶。我看着茶杯里冒出的热气,说了刚才发生的事。我说自己在莲见华的房间里见到她的灵魂,她在衣橱里,有话要我转告伯母。这些全都是我编的,但伯母相信了。

"妈妈,不要挂念我。不要担心,我一直都在你身边。"

伯母含着泪点头。

我走出莲见家,深深行一礼。"下次再来玩哦。"听伯母这么说,我好高兴。莲见惠一郎送我到车站。他推着脚踏车,走在我旁边。每次经过路灯底下,车轮便在柏油路上形成影子。莲见惠一郎向我道谢。今天这场骗局是我们两个一起安排的。骗人虽然不好,但我们相信有善意的谎言。

到车站附近,还舍不得分手,我们在人群交错之间站着说话。许多人来来去去,天空是深海般的深青色。

"我好羡慕星野同学,要是我们也有那种超能力就好了,我妈妈就能救华了。可以在车子快压到华的时候,用超能力把她推开。也许她就不会被车子撞到了。"

长长的睫毛底下,莲见惠一郎的眼睛微微泛红。一直看着那张脸我会呼吸困难,所以我便抬头看天,星星开始闪耀了。我向他坦承念力的事,但还没告诉他知道秘密的人会有什么下场。只有一个办法能保护他不让他被灭口,可是要说这件事实在太尴尬了,因为根本就像要挟嘛!拒绝就会被灭口,哪有这样的。

"对了,有一件事我有点好奇。"我问他,"刚才在小华的房间里,窗户打开的时候,你们都看着手对不对。"

戏快演完的时候。我用透明手臂打开窗户,让风吹进来扬起窗帘。那时候,莲见惠一郎和伯母都惊讶地看着自己的右手。这我实在想不通。

"那招我也吓了一跳。那是星野同学用超能力摸了我们的手吧?"莲见惠一郎这样告诉我。

"你还记得那时候的触感吗?"

"很像是一只小手。简直就像真的是华来摸的。"

"哦……"

我看着星星想:真奇怪!因为我根本没这么做。

亲戚姐姐平安生产了,我们探望刚出生的小宝宝。在妇产科的停车场刚好遇到开着车出来的大舅公。大舅公一看到我,就豪迈地笑说"你大闹了一场啊"。我和莲见惠一郎牵着手在超市里跑来跑去的样子被监视摄影机录下来，上传到影片分享网站上去了。我们的脸虽然都打上马赛克，但自行倒下的罐头、自行移动的购物车等使用念力的痕迹全被拍下。但一般大众都认为那是后期合成的影片，完全没造成话题。我和爸妈都松了一口气，否则不知道多少人要被灭口。

好可怕的血腥家族。这种能力我才不要，我巴不得出生在更普通的人家，以前我常这么想。但最近，这个想法有点变了。如果没有透明的手，我就不会遇见莲见惠一郎，也无法打开他母亲的心结。经过这次的事，我也学会和好朋友圈子保持适当的距离，扮演天然呆时也看得很开。即使他们逗我，很神奇的是我也不在意了。我现在很明白和他们的对话都是表面上的人际往来。有人认识真正的我。光是这样，在社会生活中无论发生什么事，我都可以不在乎。

亲戚姐姐还没出院，宝宝住在保温箱里。这家妇产科是我们家族的人开的，护理师当中也有好几个是亲戚，新生儿用透明的手在四周调皮捣蛋，也没有人会大惊小怪。宝宝还很小，一哭就会全身通红，也不像我们这样会说话，感觉好像是个赤裸裸的生命体。妈妈和我伸出透明的手，握住保温箱里的小手。

"欢迎。"

母亲对宝宝说。宝宝也伸出透明的手，好像摸什么神奇的东西般一直摸我们的脸。虽然不知道隔着保温箱宝宝听不听得见,但我也对他说话。为他即将展开的人生送上满满的祝福。

"欢迎来到这个世界。"

本书中文译稿经阿缦有限公司代理，
由城邦文化事业股份有限公司独步出版事业部授权使用，
非经书面同意不得任意翻印、转载或以任何形式重制。

Original Japanese title:WATASHI WA SONZAI GA KUKI
© Eiichi Nakata,2015
Original Japanese edition published by Shodensha Publishing Co.,Ltd. Simplified Chinese translation rights arranged with Shodensha Publishing Co.,Ltd. through The English Agency(Japan) Ltd.and AMANN CO.,LTD.,Taipei

图书在版编目（CIP）数据

如空气般存在的我 /（日）中田永一著；刘姿君译. — 北京：台海出版社，2020.6（2024.6重印）
ISBN 978-7-5168-2598-3

Ⅰ. ①如… Ⅱ. ①中… ②刘… Ⅲ. ①短篇小说－小说集－日本－现代 Ⅳ. ① I313.45

中国版本图书馆CIP数据核字（2020）第 077931 号

版权合同登记号　图字：01-2020-2055

如空气般存在的我

著　　者：[日] 中田永一	译　　者：刘姿君
出 版 人：蔡　旭	封面设计：MF 谜梦
责任编辑：员晓博	

出版发行：台海出版社
地　　址：北京市东城区景山东街 20 号　　邮政编码：100009
电　　话：010-64041652（发行、邮购）
传　　真：010-84045799（总编室）
网　　址：www.taimeng.org.cn/thcbs/default.htm
E - mail：thcbs@126.com

经　　销：全国各地新华书店
印　　刷：嘉业印刷（天津）有限公司
本书如有破损、缺页、装订错误，请与本社联系调换

开　　本：880 毫米 ×1230 毫米　 1/32	
字　　数：148 千字	印　　张：7.5
版　　次：2020 年 6 月第 1 版	印　　次：2024 年 6 月第 8 次印刷
书　　号：ISBN 978-7-5168-2598-3	

定　　价：48.00 元

版权所有　　翻印必究